日向一雅 編

源氏物語と仏教

仏典・故事・儀礼

青簡舎

はじめに

千年の長いあいだ読みつがれてきた源氏物語を正しく理解するためには、さまざまな手立てや観点が必要である。中世の読者は源氏物語の表現には漢籍や仏典の典拠や出典、和歌の引用、歴史的な准拠があると気づいて、それを確認しつつ読んだ。今日でもそれは変わらない。文学史はいうまでもなく、平安時代の歴史や中国文学の影響、仏教や神道、陰陽道などの宗教との関わりを抜きにして、源氏物語を正確に理解することはできない。

本書は源氏物語と仏教との関わりをテーマにした。源氏物語は仏教をどのように受容したのか、どのような仏教儀礼を描いたか、どのような経典や仏典を引用しているか、仏典を引用しあるいは典拠とすることでどのような物語を構成したのか、そうした仏教との関わりを通して源氏物語の精神世界や思想性の特色を検討し考察したものである。源氏物語における仏教の重さは改めて言うまでもないが、そこにはいくつかの重要な仏典が繰り返し引用されていることが明らかである。作者はそれらと向き合うことで生きることの意味を考え続けたのではなかろうか。源氏物語にはそういう作者の思索が刻まれている。本書は具体的な仏典を媒介として新しい解釈を提示しえていると思う。

ところで、本書の基になったものは、明治大学古代学研究所主催のシンポジウム「源氏物語と仏教」（二〇〇七年十一月）である。これは文部科学省学術フロンティア推進事業として当研究所の取り組んだ、考古学・歴史学・文学を総合する古代学研究の一環として企画したものだが、シンポジウムでは源氏物語と浄土教美術、仏教儀礼、仏典、修法・仏事との関わりについて報告された。源氏物語と仏教との関わりを最新の研究によって見直してみたいと考えたのである。本書の執筆者はその時の報告者を中心に玉稿をお寄せいただいた。心から感謝申し上げる。

本書を通して源氏物語の精神世界や宗教的世界の確かな奥行きや新しい読みの方向性を受け止めていただければ幸いである。

日向一雅　識

目次

源氏物語と仏教

仏典・故事・儀礼

光源氏の「罪」と「贖《あがな》い」
――阿闍世王の物語と光源氏の応報

中　哲裕

はじめに

近代源氏学は和辻哲郎の源氏研究に端を発する。成立論・構想論・構造論と進められてきた源氏研究は、物語の主題は何なのかという主題論を睨みながらの作業であった。それは現在の王権論や話型論・表現論・文体論として展開する。

和辻が提示した問題は次の三つに纏めることができよう。一つには、正確な『源氏物語』本文が提供されなければならないということである。これは池田亀鑑博士の『校異源氏物語』の刊行によって、一応の成果を得ている。二つには、成立上の不審、すなわち皇統の流れを汲む王族、源氏の末裔たちによる「前《ウル》源氏物語」とでもいうべきものがあったのではないかということ。これは成立論として提示された。三つには、宣長の「もののあはれ」論は和歌研究から来る視点であって、そのことによって、例えば仏教という思想的な視点からの解釈などが見落とされることになったのではないかということである。

仏教の材料と方法を使って『源氏物語』を読み解く時、どうしても宣長を避けては通れない。宣長の「もののあはれ」と仏教について、前に論文を書かせていただいたことがある（「本居宣長の「もののあはれ」論と仏教」『富山県立大学紀要』第十三巻）。それを簡単に纏めると次のようになる。

一、宣長の仏教批判は、源氏と藤壺の「もののまぎれ」をめぐって、「勧善懲悪」と「好色の誡め」の観点から主題を把握することに対してなされた。両者ともに儒教との抱き合わせで批判されることが多い。

二、宣長は物語の主題を「もののあはれ」の観点から把握するものであった。ただし、それは和歌を詠む姿勢を基本としたものであり、そのことの不十分さについては和辻が批判したとおりである。

三、和歌を理解する方法を根底に据えるということについて、宣長の学は契沖や賀茂真淵の学統の延長上にあったのだが、それでも同時代の文学が教訓的なものが一般的であった当時としては、「物語は世間的倫理観から独立した物語としての主題を持っているのだ」という主張は、当時としては画期的なものであったであろう。

四、江戸時代のこの段階で、源氏と藤壺の不義は後の源氏の栄華を築くためであり、太上天皇になれたのもそのためであるという解釈は、現代の源氏研究の貴種流離譚や王権論などの基本構造を予感している。

五、仏教批判に関しては

① 源氏の古注釈を押さえての批判であるが、その把握の仕方はかなり大雑把である。

② 「もののあはれ」を主張するために、かなり強引な偏った解釈もしている。例えば、宣長の「もののあはれ」を軸とした主題論は、源氏の晩年を描く第二部や宇治十帖の主題を読み解くための十全の武器にはなり得ていない。宣長の論からは、なぜ大君や浮舟の物語が書かれなければならなかったのかということに対する答えは出にくいのではなかろうか。

③ 仏教を十把一絡げにして、「勧善懲悪」や「好色」を誡めているものだといってしまうことには問題がある。善悪を超える思想を説いた鎌倉浄土教の思想家もいたし、性的な合一をもって最高の悟りの境地と説く『般若理趣経』を根本経典とする真言密教のような仏教思想もある。中村真一郎氏のように、古代物語の主人公に付与せられる「いろ好み」の倫理の思想的バックボーンとして、『理趣経』を指摘している批評家もいるの

である。「もののあはれ」と仏教の思想とは、必ずしも矛盾しないのである。

④宣長がいうように、物語作者は儒仏の「勧善懲悪」の価値観からは自立していたであろうけれど、時代の儒仏の思想そのものから自由であったというわけではない。善悪の応報ということでは源氏に先行して『日本国現報善悪霊異記』が残されてはいるが、王朝においては勧善懲悪の思想は、朱子学が国学であった江戸時代ほど強かったわけではない。

明治以降の日本人にとっては、欧米の思想を摂取することが第一義的な問題であった。大多数の作家や研究者にとっては、仏教は難解な煩瑣哲学としか見えなかったのではないか。現代のように、文学と音楽、文学と民俗、文学と美術、文学と思想など、学際的な視点が要求される中で、文学の自立性のみを主張するということにどういう意味があるのだろうか。仏教の方面から主題論に切り込める有力な観点が依然としてあり得ると考えているのである。

一　問題提起

某の廃院で夕顔を失い、その翌年の春三月、瘧病を患った源氏は、手を尽くしてまじないや加持などをさせるけれどもその功験はなく、ある人の勧めに従って北山の聖を訪ねることになった。そこでとある草庵に恋い慕う藤壺に似た若紫を発見する。母親に死なれ、祖母の尼君の手で育てられていた。北山の僧都が尼君にとっては兄弟だということで、身を寄せていたものである。僧都は都に名高い源氏を自分の坊に招き、世間が無常であるということ、また、死後に生まれるであろう世界のことを源氏に話して聞かせる。その時源氏は「わが罪のほど恐ろしう、あぢきなきことに心をしめて、生けるかぎりこれを思ひなやむべきなめり、まして後の世のいみじかるべき思しつづけて、かうやうなる住まひもせまほしう」(「若紫」第六段。本文は、小学館刊、新編日本文学全集『源氏物語』、以下、同じ)思ったと書かれている。この罪が藤壺に対する愛執の罪であることはいうまでもない。

藤壺と源氏との密会がはじめて若紫の巻で書かれた時、実はそれが最初ではなかったという(「若紫」一三)。その藤壺との密通が源氏の一生を通じて、彼の生き方に掣肘を加えているとは今更いうまでもない。ここでは、源氏と藤壺との密通がどのように源氏の意識に罪として自覚されたか、また、源氏の営む仏事でその罪が贖《あがな》われたか、あるいは贖うことができなかったか、そして最後に、そういう源氏の一生の物語が『涅槃経』や『観経疏』に書かれている「阿闍世王の物語」を実は意識しながら書かれたものなのではないかということを論じるつもりである。

二　雲林院にて

源氏が出家を本気で考えはじめたのは正妻である葵の上を失ってからのことである。新斎院御禊《ごけい》の日、葵の上一行と六条御息所方とが車の立所をめぐって争ったこと、葵の上の夕霧出産に際し、得体の知れない執念き物の怪がとりついて離れなかったこと、それが実は車争いで辱めを受けた六条御息所の生霊であったこと、夕霧出産の後、葵の上は再び物の怪に取り憑かれ、ついには死に至ってしまったこと……。

火葬から帰って葵の上との後悔の残る夫婦関係を振り返り、念誦し、経をしのびやかに読みながら「法界三昧普賢大士」と唱える姿は、勤行になれた法師よりも殊勝そうに見える。二条院にさえもすぐには帰らず、葵の上を偲んで満中陰の準備をしつつ、懇ろに仏前の勤めをはたしている。通い所の女性方に対しては文だけを遣わすが、六条御息所に対しては潔斎にかこつけて文は無い。そのところ、物語では、

　うしと思ひしみにし世もなべて厭はしうなりたまひて、かかる絆《ほだし》だに添はざらましかば、願はしきさまにもなりなましと思すには、まず対の姫君のさうざうしくてものしたまふら

むありさまぞ、ふと思しやらるる。（「葵」一八）

しみじみ辛いのものであると身に滲みたこの世もすっかり厭わしくなって、若君が生まれて来るなどという絆《ほだし》さえなければ、出家してしまいたいと思うにつけても若紫の一人さびしい状態でいる様子に出家できないと思う。ここでのしみじみ辛いと思った内容は、藤壺恋慕に伴う罪障意識は源氏の意識の奥に底流してはいても、葵の上の死と六条御息所の物の怪事件が中心で、表だっては書かれていない。

父院の崩御後、堰が切れたように源氏は藤壺に思いを訴える。際どいところで源氏の手を逃れ、藤壺は源氏との子（冷泉）を守るために密かに出家の決意をする。源氏は源氏で自分の思いの届かないやるせなさに雲林院に参詣する（「賢木」一九）。雲林院では亡き母の兄弟の律師が籠っている坊に滞在し、法文を読み、仏前でのお勤めもする。学徳のある僧をすべて召し出して「論議」をさせ、この世が無常であると思い知るにつけても、自分につれない藤壺のことを思い、律師が「念仏衆生摂取不捨」と低く唱える声に、「愛執」の思いに憑かれて苦しむよりも、出家して後世を頼む勤行をしたいと思う、その一方で、姫君（紫の上）のことが思い出される。一週間前後滞在して、その間に「天台六十巻」（『摩訶止観』『法華玄義』『法華文句』『法華玄義釈籤』『法華文句疏記』『止観輔行伝弘決』の六十巻）を読み、意味の分からないところは学僧に読み解かせている。しみじみと世の中が無常であることに思いを致すと、雲林院を出ないでそのまま修道生活を続けたいのであるが、姫君一人のことを思って帰ることになる。この世と彼岸との間を彷徨う源氏の心は「あわれ」としかいいようがない。ここでも出家への指向性は書かれているのだが、それは藤壺との関係の辛さから雲林院で仏の教えに接しての出家願望である。彼の無常感は雲林院で天台の学僧の教えに触発されたものであり、源氏の内発的なものとして喚起されたものではない。

藤壺との関係を振り返り、それが明確な罪として認識されるのは、藤壺の出家の後、右大臣と弘徽殿の大后方に追い詰められて須磨に退去する、その時になってからである。

三　須磨・明石での流謫生活、三月上巳の祓え

源氏が須磨に退去することになる直接の原因は、朧月夜の尚侍との密会の場面を右大臣に発見されたことによる。右大臣はそのままの足で弘徽殿の大后に報告するが、源氏の行動で問題になったのは第一に朧月夜との関係であり、第二に本来清浄を保たねばならない朝顔の斎院に対しても恋を仕掛け、文をやり取りしているということであった。春宮の時世に格別期待しているると思われている源氏は、右大臣方にとっては邪魔な存在であり、この二点での源氏からの

行動は、朱雀朝にとって源氏を排除する格好の口実となった。源氏もそういう気配を察知して、自主的に須磨に退去したというのが大方の読み方である。

源氏は別れに際して、左大臣に対しては「濁りなき心にまかせてつれなく過ぐしはべらむもいと憚り多い」(「須磨」二)と言い、京を退去する時、下賀茂の社の神を拝しながら、「うき世をば今ぞ別るるとどまらむ名をばただすの神にまかせて」(「須磨」七)と自らの無実を主張する。また、紫の上を同道できないことの言い訳に「朝廷にかしこまりきこゆる人は、明らかなる月日の影をだに見ず、安らかに身をふるまふことも、いと罪重かなり。過ちなけれど、さるべきにこそかかることもあらめと思ふに、まして思ふ人具するは、例なきこと」(「須磨」三)と、政治的には無実であるが、このように須磨に退去しなければならないのは、前世からのそのようになるべき因縁があったからだろう、という。その問題の「前世からの因縁」の中身は何なのか、この段階では具体的には語られない。

しかし、朧月夜の尚侍に忍んで遣わした消息には「罪のがれがたうはべりける」(「須磨」六)と、尚侍との関係の有罪性について認めているし、また、藤壺に対しても、ただ「かく思ひかけぬ罪に当たりはべるも、思うたまへあはすることの一ふしになむ、空も恐ろしうはべる。惜しげなき身は亡きになしても、宮の御世だに事なくおはしまさば」(「須磨」七)とだけ、申しあげる。そこには、尚侍との関係に対する罪の意識よりも遥かに重くて強い、秘められた罪の意識が藤壺の宮と共有されている。だから、須磨に退去しての源氏は愛する紫の上を須磨まで呼び寄せようかと思いながらも「かくうき世に罪をだに失はむ」と思い、「やがて御精進にて、明け暮れ行ひ（仏道修行）」に励むのである（須磨一二）。

須磨・明石など、世間一般では源氏の流謫の理由は「忍び忍びに帝の御妻《みめ》をさへ過ち」なさったと明石の尼君の言葉にあるように、朧月夜の尚侍との関係が問題にされていたようだ。そのことは尚侍との別れでの源氏の消息からもうかがうことができたのであるが、例えば宰相の中将が尋ねてきた時などは「われは春日のくもりなき身ぞ」（須磨二〇）と、無罪を主張し続ける。尚侍に対する源氏の意識は概して軽い。藤壺が父院の「中宮」であったのに対して、朧月夜が朱雀帝後宮の「尚侍」であったということと無関係ではあるまい。しかし、世間一般では、尚侍ではあっても、それに対する犯しは「帝の御妻」に対する犯しとして見られていた。そういう意味では藤壺と同じである。藤壺との関係が源氏にとって、より重くかつ深く考えられていたのは、空蟬が夫の死後、義理の子河内の守からの恋慕を「いとあさまし」と思い出家することに共通し、藤壺に対する犯しが義理の母に対するものであるということは否定できない。

そして、三月の初めの巳《み》の日に、「このようにご心労がおありの方は、禊をなさるのが良い」（須磨二一）という半可通の言葉に誘われて、軟障《ぜじょう》ばかりをめぐらし、陰陽師を召して祓えをさせ、舟に人形《ひとがた》を載せて流すのを御覧になり、

八百よろづ神もあはれと思ふらむ犯せる罪のそれとなければ

と言った途端に突然大暴風雨におそわれる。風雨は数日続き、高潮が来襲し、廊屋に落雷する。しばらくして風雨はおさまり、父桐壺院が夢に現れ、院の指示に従って明石の入道の迎えに応じて明石に移ることになる。

江上務によれば（『日本祭事全史』）、そもそも「上巳《じょうし》」は、元来、三月上の巳《み》の日のことで、暦数の方では巳《み》は「除日」といって、陰の極まった「悪日」とされていた。この不祥日には中国の周代では人々は蘭草に浴し、水辺に出て口を漱ぎ、手を洗い汚厄を攘《はら》ったという。後漢の杜瓊《とけい》（?～一五〇年）の著した『韓詩章句』によれば「三月桃花水下る時、鄭国の俗に、上巳《じょうし》を以て、溱《しん》・洧《い》（いずれも川の名）の上《ほとり》に之《ゆ》きて、蘭を執り魂を招き魄を続け、不祥を抜除す」と書かれている。

上巳《じょうし》の日は不祥の日であるという思想は、日本に伝わって、三月上巳《じょうし》の日に祓えが行われた。『古事記』に伊弉諾尊が日向小門《をど》の阿波岐原《あはぎはら》の海岸で、黄泉の国の汚れを海水で洗い清めたことは禊である。また、素戔嗚尊が「天津罪・国津罪」を犯して、尊の所蔵品を机にのせて提供したのは罪を贖う心であって、これも一種の祓えである。古代では、縁起の悪い時に禊や祓えを行うことは、邪悪・汚穢を一掃して、清浄な身心にかえる手だてであった。この祓えの方法に「人形」を用いたが、これは自分に擬えた偶像を作って、身についた汚厄と心の中の汚厄を偶像に移して水に流し、身心を清浄にしたという。物語の上巳の祓えはその通りになされていて、『韓詩章句』にあるように源氏の祓えによって父院の霊が黄泉の国から引き出されたのだと読める。

しかし、それはそれとして、源氏の罪という観点から見た時、この上巳の祓えによって源氏は何を祓ったと言えるのだろう。

物語には祓えの文言自体は書かれていない。例えば『神道大系』などでも、祓えということでは『延喜式』の「水無月晦大祓」が代表的なもので、これを中心に祓えを考えている神道学者は多い。しかし、『源氏物語』の時代、地方の祭祀で読まれたものはもっと簡単なものだったのではないか。厳密に対応しているとすれば、「己が母犯せる罪」に源氏は正面から向き合って良いはずだし、「犯せる罪のそれとなければ」と歌に詠むはずがない。また、その他の「畔《あ》放ち・溝埋《う》み・樋放ち・頻蒔《しきま》き・串刺し・生け剝ぎ・逆剝《さかは》ぎ・屎戸《くそへ》」といった「天津罪」や「生膚断《いきはだ》ち・死膚断《しにはだ》ち・白人《しろびと》・こくみ・おのが子犯せる罪・母と子と犯せる罪・子と母と犯せる罪・畜《けもの》犯せる罪・昆《は》ふ虫の災《わざはひ》・高つ神の災・高つ鳥の災・畜仆《けものたふ》し、蠱物《まじもの》する罪」などの「国津罪」と、源氏が犯した罪とが、源氏の自覚の上において対応しているとは思えない。

源氏は須磨で流謫の生活を送る、藤壺との密通事件は藤壺と罪の意識を共有してはいても表沙汰になっていない以上、上巳《じょうし》の祓えに対しては無関係である。また、朧月夜の尚侍とのことに関しても、尚侍に対しては罪の意識を共有してはいても先ほど触れたように藤壺との密通に比し、源氏の意識は概して軽い。そうはいうものの、娘を源氏にさし上げようという明石の入道に対し、尼君が源氏を「忍び忍び帝の御妻《みめ》をさへ過ちたまひて、かくも騒がれたまふなる人」(「須磨」一九)と評しているそれは、須磨で流謫の生活をする源氏に対する世間の一般的な見方を代表するものといって良く、尚侍との事件を含めて、流謫生活を余儀なくされた京における政治的な状況を中心に、彼にとっては原因が不明確な邪悪や汚穢を祓い清めようということなのだと思われる。

とまれ、この上巳《じょうし》の祓えで父院の霊が呼び出され、その指示のもと、住吉の神の導きのままに明石に移り、入道父娘と出会い、娘を儲ける。そのために、自分は須磨・明石の流謫生活という辛い運命を甘受しなければならなかったのだと納得してしまう(「明石」九・「澪標」八・「若菜上」三三)。

須磨・明石では、念誦と読経(『法華経』か)の修道生活を続けている(「須磨」一一・一八・二一、「明石」一七)。紫の上を須磨に迎えようかと迷う場面では、「なぞや、かゝうき世に罪をだに失はむと思せば、やがて御精進にて、明け暮れ行ひておはす」(「須磨」一二)と書かれている。この源氏の「行ひ」が具体的にどういうものであったかは分からないのだけれど、「罪」

は小学館本頭注にあるように、藤壺との間に犯した罪を意識していて、この須磨での侘び住まいを、源氏はその贖罪として甘受していると考えて良い。しかし、それでも須磨・明石での念誦や読経の生活で藤壺との罪を贖いきれたとは源氏は考えてはいないようなのである。

四　嵯峨野の御堂と普賢講

故院追善のための御八講を行うとともに、源氏は政界に復帰する。一方、明石では「御子三人、帝、后かならず並びて生まれたまふべし。中の劣りは太政大臣《おほきおとど》にて位を極むべし」（「澪標」四）という宿曜の予言通り姫君が誕生する。源氏は藤壺との間の子が帝位に就いたことを自らの思いが叶ったとして喜ぶと同時に、父帝が数多い皇子達の中でとりわけ自分を鍾愛してくれながら、それでも臣下に降された心中を思い、帝位には無縁であったことに思いを致す。そして、明石の姫君に后がねの養育をするべく京に呼び寄せる準備をする一方、

昔の例《ためし》を見聞くにも、齢《よはひ》足らで官位《つかさくらゐ》高くのぼり世に抜けぬる人の、長くえ保たぬわざなりけり。この御世には、身のほどおぼえ過ぎにたり。中ごろなきになりて沈みたりし愁へにかはりて、今までもながらふるなり。今より後の栄えはなほ命うしろめたし。静かに

籠りゐて、後の世のことをつとめ、かつは齢《よはひ》をも延べん（「絵合」一〇）

と考えて、嵯峨野の大覚寺の南に源氏の私寺を建立する。当初、この御堂は道長の木幡の浄妙寺が準拠とされたと考えられる。浄妙寺の記事は、『御堂関白記』では一〇〇四年から一〇一八年まで出てくるのであるが、その規模は三昧堂を中心として、多宝塔と鐘楼を持つ伽藍であった。一方、源氏の嵯峨野の御堂では「月ごとの十四五日、晦日の日行はるべき普賢講、阿弥陀、釈迦の念仏の三昧」（「松風」九）が執り行われ、源氏四十の賀では紫の上が薬師仏を供養し、『金光明最勝王経』、『金剛般若波羅蜜多経』、『仏説一切如来金剛寿命陀羅尼』などを供養している（「若菜上」二一）。源氏個人の攘災致福のみならず、鎮護国家のための法会までが可能な大規模な寺であるという。宇治の平等院に先駆けて一〇二〇年に造られた道長の法成寺では、七仏薬師を安置した薬師堂、法華八講や仁王会がなされる釈迦堂、不断念仏のための西北院と東北院、普賢講のための法華三昧堂、阿弥陀の懺法のための阿弥陀堂などがそれぞれ別棟で建てられていた。源氏の嵯峨野の御堂は道長の法成寺ほどではないにしても、法華堂や常行三昧堂、薬師堂を持つかなり大きな規模のものであったことが推測される。これだけの規模の寺院が経営されるためには、建立者である源氏の長い年月をかけてのばく大な布施と後援が行われたはずである。その間の長きにわたって、源氏が嵯峨野に通って仏道を修していたであろう事は十分に想像させる。

その御堂に静かに籠って、普賢講や阿弥陀・釈迦の念仏三昧などを行じたという（『河海抄』には「十四日普賢、十五日阿弥陀、晦日釈迦、念仏常行三昧也」とある）。死後は阿弥陀仏の極楽浄土に生まれることを願い、かつまた、長寿を祈ってのことである。源氏のその意識の底にあるものは何なのだろうか。普賢講を手がかりに考えてみたい。

恵心僧都源信が著したといわれる『普賢講作法』が残っている。「永延二年（九八八）戊子七月廿七日」に「楞厳院僧源信、仏法を住持し、衆生を利益し、世世の値遇の菩提を證成《しょうじょう》せんがために、愁《なまじひ》に愚浅をもって、一隅を略述」（原漢文、『恵心僧都全集』第五巻、同朋舎刊、所収。以下、同じ）したのだという。実際に執行された普賢講の、言ってみれば儀式の手引き書である。「先導師著座」「次唄《ばい》」「次散花」「次表白《ひょうびゃく》」「次神分」「次勧請《かんじょう》」「次発願」「次釋題目」とあり、続いて普賢の十願を説くその前文に、

次に云く、若し信心を以て、一たび此の十種の行願《ぎょうがん》を聞かば、一念の間に、無量の善根を生じ、一念の間に、五無間の罪を滅せん。既に此の勝《すぐれ》たる利有り。之を忽諸《おろそか》にすべからず。是の故に大衆、一心不乱に、応《まさ》に之を聴受すべし。（同書、五二三頁）

とある。「五無間の罪」とは、「五逆罪」のことで、言うまでもなく仏教では 一 母を殺すこと 二 父を殺すこと 三 聖者（阿羅漢）を殺すこと 四 仏の身体を傷つけて出血させること 五 教団の和合一致を破壊し、分裂させること で、これらの罪を犯した者が堕ちる地獄が、地獄の中でも一番深いところにある無間（阿鼻）地獄である。そういう恐ろしい地獄に堕ちる罪を犯した者であっても、普賢の十種の行願を聞くことによってその罪を消すことができるという。

また、十願の第四に、

> 第四。懺除業障の願とは、清浄の心を以て、十方の諸仏に対し、無始已来《いらい》所有《しょう》の罪を懺悔《さんげ》する也。具《つぶさ》に経文の如し。
> 次に経を読み已りて云く、願の旨此の如し。然るに一切の諸の罪性は皆、顛倒の因縁妄心より起る如く也。是の如きの罪相は本来空也。三世の中に所得無し。若し此の心を以て、能く懺悔《さんげ》を修すれば、衆罪は霜露の如く、恵日能く消除す。懺悔《さんげ》能く煩悩の薪を焼き、懺悔能く常楽の宮に入る。懺悔能く三界の獄を出し、懺悔能く菩提の華を開く。是の故に大衆、応に清浄の三業を以て、遍法界の諸仏菩薩前に対して、先づ一心に合掌して、自他の罪障を発露すべし。次に五体を地に投じ懺悔すること、大山の崩ずるが如くせよ。
> 我昔より造る所の悪業　皆無始の貪・瞋《じん》・癡《ち》に由る。

身・語・意従《よ》り之《これ》生ずる所　一切を我今皆懺悔す　三反

南無慚愧懺悔自他所犯　十反以上　（原漢文、同書、五二六頁）

「無始已来所有の罪」とは、人間が生物として生きていくために犯してきたあらゆる罪のことである。それらの罪を懺悔することにより、煩悩を消滅させ悟りを開いて、地獄の苦しみを逃れて極楽の宮殿の蓮の花の中に生まれることができるという。

最後に、普賢の十願をまとめて、その利益には三つあるという。

……一には無量の善根を生ず。説の如く一に此の願を聞く。所有の功徳、上妙七宝を塵数《じんじゅ》界《かい》に満てるを以て、塵数劫を経て、塵数の一切衆生に布施し、塵数の一切の諸仏に供養することの功徳に勝る、是れなり。二には無量の悪業・病患《びょうげん》等を滅す。説の如く乃至此の十の行願、一四句の偈を受持し書写する者は、即ち五無間の業を滅し、並びに一切の病患を除く、是れなり。三には当来の果報、説の如く命終《みょうじゅう》の時に臨んで、此の大願王、其の前に引導し、決定《けつじょう》して極楽世界に往生し、弥陀仏に従って、大菩提の記を受け、究竟《くきょう》して無上菩提を證得せん、是れなり。具《つぶさ》に応に経文を聴くべし。……

願わくは我命終らんと欲する時に臨んで　尽《ことごと》く一切の諸の障礙《しょうげ》を除き

……

若し人、此の勝願王に於て　一たび耳に経《きき》て能く信を生じ
勝《すぐれたる》　菩提を求めて心渇仰《かつごう》せば　勝《すぐれたる》　功徳を獲《う》ること彼に過ぎん
往昔《むかし》智恵力無きに由って　造る所の極悪五無間《むげん》も
此の普賢の大願王を誦すれば　一念速疾に皆消滅せん
若し人此の普賢の願に於て　読誦受持し及び演説せん
果報唯《ただ》仏のみ能く證知し給ひ　決定して勝菩提の道を獲ん
我此の普賢殊勝の行　無辺の勝福皆迴向す
普《あまね》く願わくは沈溺《ちんにゃく》の諸の衆生　速やかに無量光仏の刹《くに》に往《ゆ》かん……
（原漢文、同書、五三六〜八頁）

普賢の行願を聞くことにより、無量の罪業や病患が消滅し、従って短命ではなく、また、普賢菩薩を誦することにより、無分別に造ってきた無間地獄に堕ちるような極悪の大罪も皆消滅して、無量光仏の刹《くに》、即ち阿弥陀仏の浄土に生まれることができるのだという。これは先に示した「後の世のことをつとめ、かつは齢《よはひ》をも延べん」という源氏の思いに合致する。しかも、普賢講には「生きていく上でどうしても罪を犯さざるを得ない宿業を持った人間を救済する」という思想をその根底に読み取ることができる。そして、そういう普賢講を嵯峨野の御堂にて

厳修するという源氏の意識の根底に、藤壺への愛執と、犯した密通に伴う恐れ、拭っても拭いきれない罪の意識が読み取れるのである。

源氏は自らの罪障を贖うものとして嵯峨野に御堂を造った。明石の君母子を京に呼び寄せ、月に二度ほどは嵯峨野の御堂と明石の君を訪れたという。宿曜《すくよう》の予言に叶うように姫君を二条院の紫の上の手元に引取ったその翌春、左大臣が薨去。天変地異がうちしきり、藤壺も亡くなる。藤壺の四十九日の法要の後、長く藤壺の夜居の僧として仕えてきた僧都が、源氏と藤壺との密通により帝が誕生したことを明らかにする。譲位の意図を漏らされた源氏は恐懼して、「さらにあるまじきよし」を伝え、故院の決めおかれた通り、もうしばらく朝廷に仕えてから、静かに出家修道の生活に入りたいという（「薄雲」一八）。これは嵯峨野の御堂での源氏の修道が念頭におかれていよう。二条院に退出してきた斎宮の女御に、亡き六条御息所を偲びながら恋情を訴えるのだが、これは藤壺を亡くした悲しみを女御に託したものである。女御にも「今は、いかでのどやかに、生ける世の限り思ふこと残さず、後の世の勤めも心にまかせて籠りゐなむ」（「同」一九）と、その出家願望をもらしていた。女御との春秋競べが、源氏の六条院造営に繋がっていく。

紫の上の住む西の対に帰って、理不尽な恋に胸を痛める癖が残っていることに反省する一方で、「振り返ってみれば藤壺の宮とのことは、恐ろしく罪が深いということでは遙かに上回っていたと言えようけれど、あの遠い昔の好色《すき》ごとは思慮の浅い青年の過ちとして、仏も神も大目に見て下さったであろう」と思う（「薄雲」二〇）。しかし、源氏にとっては藤壺とのことは決して「思慮の浅い若者の好色ごと」で片付けられるようなものではなかった。源氏の嵯峨野の御堂で修した普賢講の、普賢十願の利益を説いた偈文の「往昔《むかし》智恵力無きに由って　造る所の極悪五無間《むげん》も　此の普賢の大願王を誦すれば　一念速疾に皆消滅せん」の文言を根拠としての思いであると納得できるのである。

そして、まさにその矢先、あれほど懇ろに仏道を修して、「罪軽《かろ》げ」な様子であった藤壺が、「この一つ事」即ち源氏との密通そのことだけのために、現世の濁りをすすぐことができなくて、地獄の苦患を受けていることを知る（「朝顔」一〇）。藤壺がそうであるとすれば、同じ罪を共有している源氏も、どれだけ嵯峨野の御堂で仏事を営んだとしても、藤壺の受けている苦患を逃れることはできないし、阿弥陀仏を念じて浄土で藤壺と同じ一つの蓮の花の中に生まれたいと願っても叶わない。それどころか、どんなに藤壺を慕っても「かげ見ぬ三つの瀬」、藤壺の姿の見えない三途の川で、途方に暮れることになるのである。

『往生要集』によれば、「邪淫」の者が堕ちる衆合地獄の「刀葉林処」の様子は次のようなものであり、後世地獄絵の画材として好んで描かれた。

……またふたたび獄卒、地獄の人を取りて刀葉の林に置く。かの樹の頭を見れば、好き端《たん》正厳飾《じょうごんじき》の婦女《ふにょ》あり。かくの如く見已《をは》りて、即ちかの樹に上るに、樹の葉、刀の如くその身の肉を割き、次いでその筋を割く。かくの如く一切の処を劈《つんざ》き割いて、已に樹に上ることを得已りて、かの婦女を見れば、また地にあり。欲の媚びたる眼を以て、上《かみざま》に罪人を看《み》て、かくのごときの言を作す、「汝を念《おも》ふ因縁をもて、我、この処に到れり。汝、いま何が故ぞ、来りて我に近づかざる。なんぞ我を抱かざる」と。罪人見已りて、欲心熾盛《しじょう》にして、次第にまた下るに、刀葉上に向きて利きこと剃刀《かみそり》の如し。前の如く遍く一切の身分《しんぶん》を割く。既に地に到り已るに、かの婦女はまた樹の頭にあり。罪人見已りて、また樹に上る。かくの如く無量百千億歳、自心に誑《たぶら》かされて、かの地獄の中に、かくの如く転《めぐ》り行き、かくの如く焼かるること、邪欲を因となす。……

（岩波思想大系本『往生要集』一五頁）

源氏の夢枕に立って「苦しき目を見るにつけても、つらくなむ」（「朝顔」一〇）と訴える、その罪障を償うために受けている藤壺の苦患というのは、男女が逆に描かれてはいるが、このようなものであったのだろうか。恋しい人が樹上から自分を呼びかけ、その人を求めて樹を上っていくと、葉が悉く刃となって体をずたずたに切り刻む。それだけの苦しみを受けていながら、それでも恋しい人を抱擁しようとして追いかける……。それは若い頃の源氏と藤壺の姿、そのものであったはずなのだが、いったい藤壺は生前において源氏への思いを積極的に訴えたことはなかったはずである。刀葉林処で（恋しい人を抱きしめようとしても得られず）「苦患に責められるにつけても、恨めしい」という藤壺の言葉こそ、生前に源氏が得たかった藤壺本人の言葉ではなかったか。ものに襲われるような心地がして目覚め、藤壺との夢の逢瀬に満たされずに流した源氏の涙は、悲しみを超えて、甘美でさえある。

源氏は六条御息所の旧邸を中心に、四町を占めて六条院を造営する。それが四方に配慮したシンメトリカルな構造を持ち、春の紫の上の邸宅では明石の姫君、夏の花散里の邸宅では夕霧と玉鬘を、秋好中宮の秋の邸宅では六条御息所の娘の中宮を養女として、冬の邸宅には明石の君を据えた。六条院が密教曼荼羅を準拠としていて、源氏の子供たち、殊に源氏の血統を皇統譜に回帰させる役回りを持つ明石の姫君にお后教育を施し、天皇（皇太子）の後宮に送り込むことを第一の役割としていたということは以前、論じたことがある（拙稿「物語の論理」、秋山虔編『王朝文学史』東大出版会、昭五九）。曼荼羅構造をもつ六条院は、結界を張りめぐらして禍々《まがまが》しいものから大切なものを守り、予言に添った源氏の宿願の数々を満足させていくためのこの世での装置であった。六条院を造営してからは嵯峨野の御堂は、紫の上による源氏の四十の賀まで、物語の表舞台には登場しない。しかし、先述したように、源氏は嵯峨野での仏事は続けていたと考えられ、嵯峨野の御堂と六条院とは源氏の意識の陰と陽を受け持ち、両者はパラレルの関係にある。

多忙な政務から逃れ、それぞれの邸宅に女君を据えて、季節季節の木草の花によせて四季折々の風雅の限りを尽くしたい（「薄雲」二〇）ということで造営された六条院は、殊に紫の上の春の御殿は「生ける仏の御国」と称されるのであった。その一方で、夕霧が紫の上に近づくことを極度に警戒している（「蛍」一二）。

源氏のライバルの内大臣に「（源氏のように政務から解放されて）あぢきなき世に、心のゆくわざをしてこそ、過ぐしはべりなまほしけれ」（「少女」一二）と羨望される生活も、源氏が心から満足して楽しんでいるとは思えない。出家し、滅罪のための修道生活を懇ろに営み、「罪軽げ」であった藤壺が、それでも地獄で苦しみを受けている。藤壺と罪を共有する自分だけが無事で、地獄の苦しみを受けることがないとは源氏には思えないのである。六条院の栄華が花開くことと平行して深くなる光源氏の憂愁は、嵯峨野の御堂の修道生活を前提として透かし見る時、彼の意識の底に澱《おり》のように潜んでいる「怖れ」、藤壺との密通に関わる「罪の意識」を読み取ることができるのである。

五　女三の宮の降嫁と柏木の密通事件によって見えてきたもの

源氏と藤壺との密通が再び物語の表舞台にせり上げられてくるのは女三の宮と柏木との密通事件によってである。

女三の宮の六条院降嫁について。宮自身の幼さ故に将来を心配し、数多くの候補者の中から敢えて源氏を婿として選び出した朱雀院、弘徽殿の女御の評判を知っていて桐壺帝の後宮に入内することを躊躇いながら母宮の薨去とともに帝の懇望によって入内した藤壺の宮。女三の宮の幼稚さ・至らなさ、また、その不用意の故に柏木に垣間見られることとなり、それが後に柏木を容易に近づけることになる。一方の源氏は藤壺周遍のスキのない配慮の行き届いた中で、わずかな可能性にかけて藤壺に近づくことになる。柏木には天皇の血統に対する憧憬があって、朱雀院には朧月夜の尚侍を通して内意を伝えていた。一方、源氏は母に似る人として藤壺を慕っていたのではあるが、皇統から疎外された者の王統に対する無意識のコンプレックスがある。若菜の巻を書き始めた時、藤壺入内から源氏との密通に至るまでの事件が物語作者の念頭に無かったとは言い切れない。

そして、紫の上が二条院で加療中に柏木は長年の思いを達して、女三の宮と関係をもってしまうことになる。宮に懐いていたイメージと実像があまりにかけ離れていたこと、また犯してしまった過ちに柏木は「さてもいみじき過ちしつる身かな、世にあらむことこそまばゆくなりぬれ」(「若菜下」二七)と恐ろしく、恥ずかしく、宮のためのみならず自らにとってもあってはならない状況に陥ったという認識から、外出することもできなくなる。たとえ「帝の御妻《おんめ》」と過ちを犯して表沙汰になったとしても、それはそれで覚悟の上のことだから、命を捨てることになっても辛くはない。そのような大罪には当たらないとしても、源氏に睨まれ疎んじられるとは恐ろしい(同)というのである。

源氏も不用意な柏木の文を発見して衝撃を受けながらも、自分の若い頃は手紙が誰かの手に落ちてもすぐにそれとは分からないように細心の注意を払って書いたものなのにと、その文の不用心さを軽蔑する(柏木の恋と源氏の恋は、ここでも対照的である)一方、

……帝の御妻をも過つたぐひ、昔もありけれど、それは、また、いふ方異なり、宮仕へといひて、我も人も同じ君に馴れ仕うまつるほどに、おのづからさるべき方につけても心をかはしそめ、ものの紛れ多かりぬべきわざなり……思はずなることもあれど、おぼろけの定かなる過ち見えぬほどは、さてもまじらふやうもあらむに、ふとしもあらはならぬ紛れありぬべし……(中略)

帝と聞こゆれど、ただ素直に、公《おほやけ》ざまの心ばえばかりにて、宮仕へのほどもものすさまじきに、心ざし深き私《わたくし》のねぎ言になびき、おのがじしあはれを尽くし、見過ぐしがたきをりの答へをも言ひそめ、自然《じねん》に心通ひそむらむ仲らひは、同じけしからぬ筋なれど、寄る方ありや……

（「同」三三一）

帝のお后と過ちを犯す例は昔もあったけれど、それは宮仕えという形で男女ともに同じ主君に親しく仕えていて、何かの事情があって思いを交わし合うということはある。また、帝のような方が相手でも、大人しく表向きだけお仕えしているというだけの気持ちから、宮仕えの日々も面白くないあまり、親切に内々に言い寄ってくる男にほだされて、思いを交わし、なじみ合うような間柄は同情の余地がある。だが、あの程度の男に宮が情をかけるとは思われない。やはり、顔色に出すべきではないと思う。それにつけ、

故院の上も、かく、御心には知ろしめしてや、知らず顔をつくらせたまひけむ、思へば、その世のことこそは、いと恐ろしくあるまじき過ちなりけれ

（同）

と、結局は自分が若い頃に藤壺と犯してしまった過ちに、またそのことを父院が実はご存じで、気がつかないような顔をしておられたのではないかと思い至った時、柏木と女三の宮の過ちを

責めることはできなくなってしまう。女三の宮主催の朱雀院五十の賀の試楽で、自邸に引きこもる柏木を引きずり出し、酒を無理強いしながら

過ぐる齢にそへては、酔泣きこそとどめがたきわざなりけれ。衛門督心とどめてほほ笑まるる、いと心恥づかしや。さりとも、いましばしならむ。さかさまに行かぬ年月よ。老は、えのがれぬわざなり（「同」三八）

と、絡《から》む。この言葉が決定的なダメージとなって、柏木はそのまま自滅していくことになるのだが、何よりも源氏自身がうちひしがれ、敗北を認めている科白になっている。生まれてきた薫を抱いても

さてもあやしや、わが世とともに恐ろしと思ひし事の報いなめり、この世にて、かく思ひかけぬことにむかはりぬれば、後の世の罪もすこし軽みなんや（「柏木」三）

と思う。柏木の犯した罪のおののき、源氏の受けた衝撃、いずれも「帝の御妻を犯す」という事例を軸に思いはめぐって、最後は源氏が過去に藤壺との間に犯した密通に収斂していく。源氏には柏木と女三の宮の犯した罪は、自分自身が犯した罪の「応報」として明確に自覚されてくるのである。五十日のお祝いでも、薫を抱きながら「誰が世にか種はまきしと人問はばいか

が岩根の松はこたへむ」（「柏木」八）と、尼姿の女三の宮に問いかける。しかし、宮からは返事は得られず、源氏自らの思いに沈んでいくしかない。

女三の宮と柏木との密通に関して、宣長が退けたのは、仏儒の源氏と藤壺との密通に対する因果応報と勧善懲悪の観点から主題を把握する方法である。源氏物語を構成論の立場に立って、善因に対する善果、悪因に対する悪果の物語、即ち源氏と藤壺が密通を犯したという悪因にたいして、悪果としての女三の宮と柏木の密通が構想された、という主題の読み方を退けたものであるということは、最初に述べた通りである。しかし、善悪の価値観が絶対的であり、いわゆる勧善懲悪を是とする思想のもとに物語が読まれるということは、もうないのではないか。そういう意味では宣長の主張は現代ではほぼ受け容れられていると言ってよい。ただ、そういう宣長の主張を認めつつ、それでも物語作者は、善悪の価値観を超えて、その物語の犯しの構造に、仏典に頻出する阿闍世王《アジャセ》が父王頻婆娑羅《ビンバシャラ》を殺害した物語を埋め込んでいるということを指摘したい。

六　阿闍世王の物語

「父、頻婆沙羅王を殺して王位に就いた極悪の人、阿闍世は救われるのか」ということは、大乗仏教で大きく問題にされたテーマであった。『仏説未生寃《みしょうおん》（怨）経』『阿闍世王問五逆経』『阿闍世王授決経』『仏説阿闍世王経』『涅槃経』『観無量寿経』『仏説頻婆裟羅王経』など、王舎城の悲劇を扱った経典は多く、日本でも早い段階では光明皇后が両親の供養のために発願・書写させた「五月一日経」の中にこの『阿闍世王経』が入っているのはよく知られている。物語が書かれた頃の記録では、寛弘四（一〇〇七）年一二月二日、木幡浄妙寺の「同寺（浄妙寺）の塔を供養する願文」で大江匡衡が「昔幼き日童子の戯れに、沙《すな》を聚《あつ》め石を施す、今長年の丞相の勤、玉を瑩《てら》し金を範とす。阿育は阿闍世の孫也、神力を仮りて鬼傭を責む、弟子は日本国王の舅也、皇恩に浴して仏法を興す。……」と阿闍世王の孫と考えられていた阿育《アショカ》に道長をなぞらえてその徳を讃え、また寛弘五（一〇〇八）年三月二一日の「華山院四十九日の御願文」では、大江以言が「……太上天皇……虞舜帝の徳有り、風は玉山の東に悲しび、阿闍世王の夢、煙は金河の西に暗し……」（両者とも本文は『正続本朝文粋』国書刊行会、原漢文）と花山院の死を惜しむ文が残っている。阿闍世王による父王殺害という王舎城の悲劇の物語が、当時の貴族に幅広く知られていたのである。そして源氏の嵯峨野の御堂が浄妙寺を意識しながら書かれ、また、宇治八の宮の準拠が花山院であると思われるのであるから（拙稿「源氏物語と二十五三昧会―大君物語の前提として―」『源氏物語の探究』（第十一輯 所収、風間書房、昭六一）、作者紫式部が阿闍世王の物語を知っていたろうことは想像に難くない。

光源氏晩年の物語と阿闍世の物語との関係について触れる前に、まず阿闍世王の父殺害と王位簒奪の物語がどういうものであるかについて、『涅槃経』と『観無量寿経』の注釈書である善導の『観経疏』を参考に概略を述べる。

大王、頻婆娑羅、往《むかし》悪心有りて、毘富羅《ビプラ》山に於て遊行して鹿を猟《かり》するに、広野を周遍して悉く得る所無し。唯一仙の五通具足せるを見る。見已《をは》りて、即ち瞋恚の悪心を生ず。我今遊猟して得ざる所以は、正しく此の人の駆逐して去らしむるに坐す。即ち左右に勅して、之を殺さしむ。其の人臨終に瞋悪心を生じて、神通を退失し、誓言を作さく、「我実《まこと》に辜《つみ》なきに、汝は心口《しんく》をもって横《よこざま》に戮害を加ふ。我来世に於て、亦当《まさ》に是の如く、還《かへりて》心口を以て汝を害すべし」と。時に王、聞き已りて、即ち悔心《けしん》を生じ、死屍を供養す。……

（本文は、国訳一切経本『涅槃経』「梵行品」三九一頁。以下、同じ。）

頻婆娑羅の仙人殺害の因縁について、『観経疏』では『涅槃経』とは少し異なっている。即ち、頻婆娑羅と韋提希には国を継ぐべき男子がなかった。ある時占い師から「近くの山の仙人が三年後に死ぬから、そうなったら仙人の生まれ変わりとして王子を授かるであろう」と予言を得る。しかし、その三年を待つことができなかった王は使者を遣わし、仙人に早く死んでほしいと頼む。仙人に拒絶された頻婆娑羅は再び使者を遣わし仙人を殺してしまう。その時に仙人は「なんぢまさに王に語るべし。わが命いまだ尽きざるに、王、心口をもつて人をしてわれを殺さしむ。われもし王のために児とならば、また心口をもつて人をして王を殺さしめん」(本文は、注釈版『浄土真宗聖典―七祖篇』三四六頁)と、呪いの言葉を残しながら死んでいく。

仙人殺害の物語は、『涅槃経』では狩に出た王が獲物を一つも得ることができなかったのは仙人が鹿を逃がしたからだという。『観経疏』では、後継者の無かった王が、仙人を殺すことによって後継者を得るためであるという。『観経疏』の方が、仙人殺害の動機をより強力なものにしているのだが、王が心と言葉で仙人を殺させたのだから、生まれ変わって、やはり心と言葉で王を殺させようという、明確に「同態における応報」を述べている点で、両書とも共通する。

やがてすぐ王妃韋提希夫人《イダイケぶにん》は懐妊、王子を出産する。その王子は「善見太子」また「未生《みしょう》怨《おん》」と呼ばれた。阿闍世の悪友・提婆達多がその名前の由来を明かすこと、阿闍世が父王を牢獄に幽閉し殺すことなど、『涅槃経』では次のように記述されている。

……提婆達言はく、「国人汝を罵りて未生怨と為す。」善見復《また》言はく、「何が故に我を名づけて未生怨と為す。誰かこの名を作す。」提婆達の言はく、「汝未生の時、一切の相師皆是の言を作《な》さく、是の児生じ已りて当に其の父を殺すべしと。是の故に外人は、皆恐く汝を号して未生怨と為す。一切の内人は、汝が心を護らんが故に、謂って善見と為す。韋提夫人、是の語を聞き已りて、既に汝が身を生じて、高楼の上より之を地に捨て、汝が一指を壊《え》せり。是の因縁を以て人復汝を号して、婆羅留枝《バラルシ》（折指、または無指と訳す）と為す。我是れを聞き已りて心に愁憒を生ずれども、而も復汝に向ひて之を説く能はず。」提婆達多、是の如き等の種種の悪事を以て数へて、父を殺さしめんとす。「若し汝父を殺さば、我も亦能く瞿曇《クドン》沙門（釈尊のこと）を殺さん。」……（中略）……善見聞き已りて、即ち大臣と、其の父王を収めて之を城外に閉ぢ、四種の兵を以て之を守衛す。韋提夫人是の事を聞き已りて、即ち王の所に至る。諸の守王人、遮《さえぎ》りて入るを聴《ゆる》さず。其の時夫人、瞋恚心を生じて便ち之を訶罵《かめ》す。時に諸の守人、即ち太子に告ぐ、「大王、夫人往いて父王を見んと欲す、不審《いぶかし》聴《ゆる》さんや不《いな》や。」善見聞き已りて復瞋嫌を生じ、即ち母の所に往き、前《すす》んで母の髪を牽《ひ》き、刀を抜きて斫《き》らんと欲す。爾の時、耆婆白して言さく、「大王、国有りて已来、罪極重なりと雖も女人に及ばず、況や所生の母をや。」善見太子是の語を聞き已りて、耆婆の為の故に即便《すなはち》放捨し、父王の衣服・臥具・飲食・湯薬を遮断す。七日を過ぎ已りて王の命便ち終る。善見太子、父の喪を見已りて方に悔心《けしん》を生ず。……

（「迦葉菩薩品」六〇六～六〇七頁）

このような太子による父王頻婆娑羅の殺害という王舎城の悲劇を前提として、後に残された韋提希の救いを説くのが『観無量寿経』であり、阿闍世を教唆するという重要な役割を果たした提婆達多も仏となるという因縁を説くのが『法華経』の「提婆達多品」であり、父王を殺した阿闍世その人の救いを説くのが『涅槃経』である。

阿闍世は父王を殺してすぐ後悔の念から熱を出し、体中に臭い瘡《かさ》が吹き出る病気になる。彼は「我、今此の身、已に華報《けほう》を受く。地獄の果報、将に近づかんとす、遠からじ」（三六〇頁）と思う。阿闍世は側近の大臣たちに「我今身心、豈痛まざることを得んや。我、父辜《つみ》無きに、横《ほしいまま》に逆害を加ふ。……我亦曽て智者の、説きて言ふを聞く、『若し父を害する有らば、当に無量阿僧祇劫に於て大苦悩を受くべし』と。我今久しからずして、必ず地獄に堕せん」（三六四頁）……。

阿闍世を苛んだのは、父殺しというこの世での最も重い罪を犯したことで、無限に長い間苦しみが続くという地獄〔無間地獄〕に堕ちるだろうという恐れである。それに対して大臣たちからいろいろな名医を薦められるが、阿闍世の魂は救われない。最後に大臣の耆婆が仏〔釈尊〕の教えを説き、仏のもとに行くようにすすめる。

仏のもとに詣ってからの阿闍世の救いに到る過程については、引き続き『涅槃経』〔巻第一九・二〇〕で詳説されるところである。

七　阿闍世王物語と柏木・女三の宮の密通、同態における応報

阿闍世王の物語と第二部の物語の構造的類似として次の点を指摘することができる。

一つには、いずれもかつて自分が犯した罪を強く自覚させられ、しかも阿闍世の父頻婆娑羅の場合は源氏と同じく「同態における応報」として、自覚させられているということである。

人間であれ動物であれ、およそ生命あるものは、地獄・餓鬼・畜生・阿修羅・人・天の六つの世界〔六道〕を生まれては死に、死んでは生まれるという輪廻を繰り返す…。この古代インドの思想は、仏教によって日本にもたらされた。輪廻の思想によれば、人間は自らの言葉と行為によって、命終の後に次の生が決定されていくという。『源氏物語』が書かれるより二十年前に、源信は『往生要集』を著し、人間の生前の行為の善し悪しにより、死後の世界が決定さ

れるということ、また、あらゆる人が免れることができないであろう六道の輪廻、殊に地獄の苦しみから解放されるための念仏の教えを説いた。多数の経典から博引傍証される地獄の凄惨な風景に、当時の貴族たちは恐れおののいたのである。『往生要集』の言葉をそのまま使えば、先にも触れた「邪淫」の者、例えば「他の児子に邪行を逼った者」「男色者」「他の婦女をとった者」などが堕ちる衆合地獄の一風景は次のようなものである。

多く鉄の山ありて、両々相対す。牛頭《ごず》・馬頭《めず》等のもろもろの獄卒、手に器仗《きじょう》を執り、駈りて山の間に入らしむ。この時、両《ふたつ》の山、迫り来たりて合せ押すに、身体摧け砕け、血流れて地に満つ。或は鉄の山ありて空より落ち、罪人を打ちて砕くこと沙揣《しゃたん》の如し。或は石の上に置き巌を以てこれを押し、或は鉄の臼に入れ杵を以て擣《つ》く。極悪の獄鬼、并《ならび》に熱鉄の師子・虎・狼等のもろもろの獣、烏・鷲等の鳥、競ひ来りて食ひ噉む。（瑜伽・大論）また鉄炎の嘴の鷲、その腸を取り已《をは》りて樹の頭に掛け在《お》き、これを噉み食ふ。……（以下、略）

（岩波思想大系本『往生要集』一五頁）

例えば、二つの山に逼られ、押し潰される地獄での応報は、「邪淫」という生前の行為の様子とは「無関係」に、凄惨な刑罰として課せられる。

一方阿闍世は、父殺しの罪で地獄に堕ち、永遠に苦しみを受け続けるのではないかと、自ら犯した罪の怖ろしさに懊悩する。彼が見ているものは、「五逆罪」を犯した者の堕ちる無間（阿鼻）地獄である。『往生要集』に描かれる無間地獄で受ける応報は、阿闍世が父を殺したから自らの子どもに殺されるというようには書かれていない。

しかし、頻婆沙羅王の場合は、『涅槃経』と『観経疏』とで、状況は違うが、いずれも仙人は「我実《まこと》に辜《つみ》なきに、汝は心口をもって横《よこしま》に戮害を加ふ。我来世に於て、亦当に是の如く還《かへりて》心口を以て汝を害すべし」と言い残して死んでいく。頻婆裟羅はその通りに、提婆達多に唆《そそのか》された息子の阿闍世から殺される。いわば自分の無惨な行動をそのまま受ける「同態における応報」であり、これほど明確に因果関係が認識されているものはない。そういう意味では、源氏が柏木と女三の宮の密通を知り、二人を詰《なじ》り、一人を出家、一人を死にまで追いやりながら、なお且つ己自身もその痛打から立ち直れなかったのは、まさにその「同態における応報」であることによって、それが若い頃に彼が藤壺との間で犯した密通の応報として、きちんと因果関係をもって認識させられたからにほかならない。

仏教の因果の思想に基づいて、数多くの説話が集められている書として『霊異記』（景戒作、八二二頃成立）がある。かつて筆者は『往生要集』を参考にしながら、その七十九ある総ての題材について、「殺生と放生」、「偸盗」、「邪淫」、「僧への迫害」、「教団の財物」、「父母への不幸」、「法華経を謗る罪、功徳、写経」、「修羅道」、「三毒」、「菩薩、観音、心経、その他の経典の功徳」、「善果を見て善因を推測するもの」、「聾、盲目、呰など、身体的欠陥が仏や経の功徳により癒されること」、「仏や観音の前世」、「その他の応報観」に分類し、その罪の性格について考えたことがある（「『日本霊異記』の応報観」『長岡技術科学大学研究報告』第八号）。その中で同態における応報かと思われるものとしては、わずかに、

一、延暦寺の恵勝が寺の薪を人に与えて死んだため、牛として転生し、車に薪を載せて休む間もなく使われる話（上・二〇）

二、石川の沙弥が塔の柱を焼いたため、地獄の火で焼かれ死ぬこと（上・二七）

三、法会に騒ぐ子どもを母親に淵に投げさせた行基が、母親が前世に物を借りて返済しなかった罪で、逆に相手が子どもに転生して負債をとっていたと明かすこと（中・三〇）

四、烏を無意識に殺した比丘が、転生した猪に無意識に殺される話（下・序）

などを指摘できる。しかし、いずれも「同態における応報」そのものを説話の主題に据えたものではない。一番それらしい「下・序」の説話でも、最後は、

……猪賊《ゐあた》せむと思はねども、石おのづからに来り殺す。無記《むき》にして罪を作《な》せば、無記にし

て怨《あた》を報ゆ。いかに況むや、悪心を発《おこ》して殺すときには、その怨の報《むくい》なきことあらむや。悪の因を殖《う》ゑて悪の果を怨《うら》むは、これわが迷《まど》へる心なり。福因を作りて菩提を鑒《かがみ》るは、これわが礎《さと》れる懐《こころ》なり。

（本文は、新潮日本古典集成『霊異記』）

と、結局その主題は「善因善果・悪因悪果」という仏教の価値観に収束していくのである。

一方、阿闍世王の物語における頻婆娑羅王が担わされている主題は、「我実に辜《つみ》なきに、汝は心口《しんく》をもって横《よこしま》に戮害を加ふ。我来世に於て、亦当《まさ》に是の如く、還《かへりて》心口を以て汝を害すべし」という同態における応報という現実そのものであり、「頻婆娑羅のように、罪のない人を心口を以て害してはいけない」ということではない。光源氏晩年の同態における応報という物語の思想は、明らかに阿闍世王の物語が準拠であったと考えられるのである。

八　この世における応報、「華報」

阿闍世王の物語と柏木・女三の宮の密通事件の構造的類似として指摘できる第二の点は、源氏が受けた応報が死後に受ける応報ではなく、生前に受ける応報、即ち「華報《けほう》」であるということである。

その部分、『涅槃経』では次のように書かれている。

父を害し已るに因《よ》りて、心に悔熱《けねつ》を生じ、身の諸瓔珞・伎楽を御せず。心の悔熱の故に、遍《あまねく》体に瘡《かさ》を生ず。其の瘡の臭穢《しゅうあい》なる、付近すべらず。尋《つい》で自ら念じて言はく、「我、今此の身、已に華報《けほう》を受く。地獄の果報、将に近づかんとす、遠からじ」……

（「梵行品」三六〇頁）

今、現世で体中に瘡を生じ、人が近づくこともできないような悪臭を放つという苦しみを受けた。このままこの病で死ぬと地獄に堕ちて、更に重い苦しみを受けるであろうと怖れているのである。父、頻婆娑羅についても、諸仏を供養することにより善根を植え、そのことで今日王位に就くことができた。また、仙人を殺したことによって阿闍世に幽閉され殺されることになった。仏はそれを「頻婆娑羅は現世の中に於て、亦善果及び悪果を得た」（「梵行品」三九二頁）のであり、これも生前における応報であるから「華報」だという。

源氏の場合、生まれてきた男児（薫）を見ながら、それが藤壺と犯した密通の応報であることを思い知らされながら、さてもあやしや、わが世とともに恐ろしと思ひし事の報いなめり、この世にて、かく思ひかけぬことにむかはりぬれば、後の世の罪もすこし軽《かろ》みなんや

（「柏木」三）

と、思う。源氏が柏木と女三の宮の密通によって受けた苦悩も、現世における応報であるから、「華報」である。しかも、地獄ではもっと凄惨な罰を受けるであろうとおののく阿闍世と、この世で思いもかけない苦しい思いをしたのだから、その分、死後に受ける罰も少しは軽くなるだろうかと思う源氏の思考は逆のようでありながら、『涅槃経』の思想を介して眺めた時、実はパラレルな関係にあることに気づく。

『涅槃経』では、

善男子、一切の衆生に凡そ二種有り。一つには智人、二つには愚人なり。有智の人は智恵力を以て、能く地獄極重の業をして現世に軽く受けしめ、愚癡《ぐち》の人は現世の軽業を地獄に重く受く。

（「獅子吼菩薩品」、五五二頁）

智恵のある人は、正しい理解力で、地獄で受ける極めて重い業の果報を現在の生涯で軽く受け、愚者は現在の生涯で受ける軽い業の果報を地獄で重く受けるというのである。

それでは智者とはどういう人かというと

……常に思惟して言はく、「我善力多く悪業羸弱《ろうにやく》なり。我能く発露懺悔して罪悪の業を除き、能く智恵を修して、智恵力多く、無明力少し。」是の如く念じ已《おは》りて善友に親近《しんごん》して正見《しようけん》を修習し、十二部経を受持し、読誦し、書写し、解説《げせつ》する者有るを見れば、心に恭《く》敬《ぎよう》を生じ、兼ねて衣食・房舎・臥具・病薬・花香《けこう》を以て供養し、讃歎し、尊重し、至到《いた》る所の処に、其の善を称説して其の短を訟《うつた》へず。……是の人は能く地獄の重報をして現世に軽く受けしむ。……

（「獅子吼菩薩品」五六四頁）

「懺悔」することにより悪業を除くことができるといい、（出家者などの）善友に親近し、十二部経を受持・読誦・解説する者を恭敬し、仏や僧を種種供養することで地獄で受けるはずの重い罪を、地獄に堕ちることなく、現世で軽く受けるだけで済むという。これは『涅槃経』独自の思想であり、後世の大乗仏教の思想家たちに大きな影響を与えた。

源氏は嵯峨野の御堂で「月ごとの十四五日、晦日の日行はるべき普賢講、阿弥陀、釈迦の念仏の三昧」（「松風」九）を執り行っていた。更に四十の賀では紫の上により『金光明最勝王経』、『金剛般若波羅蜜多経』、『仏説一切如来金剛寿命陀羅尼』などを供養している（「若菜上」二二）。例えば普賢講では十方の諸仏に対して「無始已来所有の罪を懺悔」し、一心に合掌して「自他の罪障を発露」して、造る所の極悪無間の罪も一念速疾の間にすべて消滅させようというものであった。阿弥陀・釈迦の念仏をとなえ、常行三昧を修する嵯峨野での「行《ぎよう》」や、薬師仏や、『金光明最勝王経』、『金剛般若波羅蜜多経』、『仏説一切如来金剛寿命陀羅尼』などを供養している姿は、右記『涅槃経』の記述に合致する。即ち、この世でこのように辛い報いがあったのだから、死後に受けるはずの果報については、少しは軽くなるだろうという源氏の思いには、嵯峨野などでの源氏の「行」と『涅槃経』に述べられた思想が根底にあってのことなのである。

しかし、それでも阿闍世と源氏がぴったり重なるというのではない。阿闍世は仏の導きにより、身体も心も救われ、癒されて、眷属や摩訶陀《マガダ》国の人々とともに仏に帰依することになって、仏から、

善い哉、善い哉、若《も》し人能く菩提心を発する有らば、応《まさ》に知るべし、是の人は即ち諸仏大衆を荘厳《しようごん》すと為す。大王、汝昔已に毘婆尸仏《びばしぶつ》に於て、初めて、阿耨多羅三藐三菩提の心を発す。是より已来、我が出世に至るまで、其の中間に於て、未だ曽て復《また》地獄に堕して苦を受けず……

（「梵行品」三九六頁）

と、その救いが保証されるのに対し、源氏の「後の世の罪もすこし軽みなんや」という思いは、自分が地獄に堕ちないとは決して言っていない。むしろ逆に、堕ちてある程度の苦患《くげん》を受けることを予測さえしている。

秋好中宮が母御息所が物の怪となって紫の上を一時危篤に陥れたという噂を聞き、母親のために「いかでかの炎を冷ましはべりにしがな」と出家を仄めかしたのに対し、次のようにいってひき止める。

その炎なむ、誰ものがるまじきことと知りながら、朝露のかかれるほどは思ひ棄てはべらぬになむ……

（「鈴虫」八）

「地獄の業火は誰も逃れることはできないと知りながら、この世ではかない生命を生きている間は、その因《もと》となる執着を捨てきれないものだ」というのは、ほかならぬ源氏自身のことを言っていると思われる。地獄の業火を見つめながら、身辺の自分の人生と深く関わった人々の出家や死により、源氏自身が取り残され、それでもなお現実の生を愛執に纏われながら、生命ある限り懺悔しながら生き続けるしかない。拭っても拭ってもその罪は贖《あがな》われることはなく、御仏名を修する源氏の姿には人間普遍の心の闇を見つめる物語作者の視線がある。そして、それはまた『涅槃経』の思想とは異なる、物語が切り開いた源氏物語独自の思想であったのである。

以上、源氏の晩年の柏木と女三の宮の密通という応報が、「同態における応報」だということと、死後に受ける果報ではなく、生前に受ける「華報」であるということで、それらが『涅槃経』に書かれている考え方が、『源氏物語』第二部の思想的基盤、大きな枠組みとして据えられているということを指摘した。もちろんそのことは源氏と藤壺との密通が書かれた時、既に柏木と女三の宮の密通が作者の念頭にあったということではない。また須磨での上巳《じょうし》の祓えで、父院の夢の導きのままに明石に居を移すことも、阿闍世が父頻婆裟羅の導きで仏のもとに行くことを準拠として書いていた、とまで言うつもりもない。ただ、源氏の場合、父院の最愛の藤壺と関係を持ってしまったことに対して、柏木と女三の宮が密通を犯してしまう、その柏木が源氏と擬似的な親子関係にあると指摘する藤井由紀子氏の指摘（「夕霧と柏木」『源氏物語の鑑賞と基礎知識第二三巻「夕霧」』所収 二五四〜二五五頁）は首肯されて良い。

柏木と女三の宮の密通は、本来は夕霧による紫の上への密通、否、夕霧ではなく冷泉帝と紫の上との密通としてイメージされたのではないか。もちろん、冷泉帝による紫の上への犯しは物語には素振りにも見えてはいない。しかし、野分の翌日、夕霧による紫の上の垣間見（「野分」二）に、第二部を予見する先人の優れたご業績（河内山清彦「光源氏の変貌―『野分』の巻を支点とした源氏物語試論」『青山学院女子短期大学紀要』二一）、伊藤博「『野分』の後―源氏物語第二部への胎動」（『文学』昭四二、八月号など）もある。垣間見を執筆した時、夕霧による紫の上の犯しが作者の頭の片隅になかったとは言い切れない。もっとも、夕霧は「この世の浄土」六条院の秩序の確認という役回りに徹底させられてはいるのだが。

九　おわりに、『源氏物語』と『涅槃経』

各種の注釈書に指摘されるように、『源氏物語』には『涅槃経』を準拠としていると思われる多くの記述がある。

薫がわが身の出生の秘密を感知して苦悩する段（「匂兵部卿」五）で「善巧太子《ぜんげうたいし》のわが身に問ひけん悟りをも得てしがな」と独りごとを言う。この善巧太子の準拠について、山岸徳平博士が旧古典大系本の注で、「善巧」が「善賢」「善見」でありうる可能性を示唆され、志田延義博士は「善見」が『涅槃経』で説かれる有名な「善見太子」即ち「阿闍世王」のことであるとはっきりとご指摘になった（「源氏物語両条における仏典関係の注釈について」『国語と国文学』昭四十年三月号、後に著作集に所収）。「せんけう」の「う」が「ん」と表記され得るということについては、筆者も学生時代に志田博士ご自身からおうかがいしたことがある。近年では藤井貞和氏が薫の準拠が阿闍世であるということをやはりご指摘になり、ユングや小此木啓吾氏（『日本人の阿闍世コンプレックス』中央公論新社、一九八二）の精神分析学的手法で宇治の世界を解析している（「源氏物語と阿闍世王コンプレックス」『タブーと結婚』笠間書院、平一九）。

薫が月夜の雪景色に亡き大君を偲んで

恋ひわびて死ぬるくすりのゆかしきに雪の山にや跡を消なまし
半《なかば》なる偈教へむ鬼もがな

（「総角」三三九）

と思う。これは『涅槃経』「聖行品」の釈尊前生譚の「雪山偈」が準拠である。また、浮舟が入水を決心する場面で、「明けたてば、川の方を見やりつつ、羊の歩みよりもほどなき心地する」（「浮舟」三三二）という場面は、「迦葉菩薩品」第十二の「六 死想」で

……是の寿命を観ずるに、常に無量の怨讎《おんしゅう》の為に遶《にょう》せられ、念念に損減して増長有ること無し。……囚《つみびと》の市に趣きて、歩歩死に近づくが如く、牛羊を牽ゐて屠所に詣るが如し

（六九三頁）

を準拠としている、など、物語の中で数多くの場面が『涅槃経』から題材をとっているのである。

『栄花物語』「うたがひ」の巻では、木幡の浄妙寺の建立の後も、長い年月にわたって道長が仏事に心血を注いだことが書かれている。その中で、十月の維摩会と同様に、毎年二月十五日の釈尊の命日には山階寺で涅槃会が執り行われ、詳細にわたってその法会の面倒を見たという。

また、智顗の天台五時教判によれば、数多くの経典を、一、華厳時　二、鹿苑時　三、方等時

四、般若時　五、法華・涅槃時　の五時に分け、『涅槃経』を『法華経』と同じく釈尊が説いた窮極の経典と位置づけた。そのことで比叡山では『涅槃経』は『法華経』と並ぶ根本的な経典として大切にされた。

大乗仏教においては悟りは現実の生活の中にあり、深山幽谷で修行して煩悩や罪悪を断ち切った出家者（声聞・縁覚など）ではなく、罪を犯さずには生きていけない、極めて普通の一般の人々が救われることを第一義とする。そのことから、例えば小乗仏教では到底救われることはないと考えられた釈尊のライバルの提婆達多や、父殺しという「五逆罪」を犯した阿闍世は救われるのかということが問題になってくる。崖の上から石を投げ下ろし、釈尊の身体を傷つけた（これも「五逆罪」の一つ）提婆達多でも、将来は仏になることができると説いたのが『法華経』の「提婆達多品」であり、法華八講の「五巻の日」に釈尊の前生譚に関わって盛大に法会がもたれている。また、『涅槃経』では、阿闍世はその「慚愧」の故に救われるとした。これは中国の善導のみならず、日本の天台浄土教家やそれを取り巻く貴族たちの間で大切に研究され、伝承されていったのであり、後に絶対他力による「悪人正機」を説いた親鸞の著書、『教行信証』の根本思想として据えられる。

道長の娘の彰子に仕える紫式部には山階寺の涅槃会の噂は聞こえてきたであろうし、また源信ら二十五三昧会の結縁衆を通しても阿闍世王の物語の詳細は紫式部の知るところとなっていたはずである。父為時が尚復文章生を務めた花山帝が、三昧会の根本結縁衆の一人である厳久に導かれて突然退位したが故に、彼は十年もの長きにわたって職に就くことができなかった。紫式部は天台浄土教家たちの動向には特別に関心が強かったのである。

かくして、柏木と女三の宮による密通という光源氏の晩年の応報を書くに当たって、『涅槃経』の阿闍世王の物語が準拠とされたということは、十分に頷けることであったのである。

光源氏の出家と『過去現在因果経』

日向一雅

はじめに

源氏物語にとって仏教がたいへん重要なテーマになっていることは改めて言うまでもないが、それがどのような意味で重要なのかということを、ここでは考えてみたい。その重要さを考える目安に、たとえば登場人物たちの出家を取り上げることもできよう。光源氏や紫の上、薫や浮舟という物語の主人公たちが出家したり、出家による救いを求めていたのをはじめとして、その他の主要人物でも、空蟬、朧月夜、六条御息所、女三の宮、明石入道、朱雀院、八の宮などすべて出家したり出家を願った人たちである。僧侶も北山の僧都、夜居の僧都、横川の僧都など、それぞれ立派な高僧らしい風格がある。物語はこうした人物たちを最初から最後まで次々と登場させて、仏道や出家に向き合わせていた。

また池田亀鑑編『源氏物語事典』「所引詩歌仏典索引」によれば、源氏物語に引かれる仏典は有名な経典だけでも『過去現在因果経』『妙法蓮華経』『観無量寿経』『大般涅槃経』『往生要集』などがあり、それらを含めて二七種の仏典が指摘され、引用箇所は六六箇所におよぶ。現在の研究からすればその数はもっと増えるはずである。また仏事として法華八講や仁王会、持仏開眼供養、法華経千部供養等々の儀式も数多く描かれた。

源氏物語にとって仏教とは何であったのか。源氏物語は仏教をどのように捉えていたのか。作者が向き合った仏教の問題はどのようなものであったのか、源氏物語が仏道や出家を繰り返し取り上げていたのはなぜか、そういうことを考えてみたいと思う。

一　中世の仏教的批評——『源氏一品経』と『今鏡』

ここではじめに中世の仏教的な源氏物語批評を見てみようと思う。中世における仏教的批評を概観し、その限界を見定めつつ、源氏物語にとっての仏教の意味を考えてみたい(1)。

中世の仏教的な源氏物語批評は狂言綺語観や紫式部堕地獄説、それと裏腹の紫式部観音化身説、比喩方便説といった批評が代表的な言説である。そうした批評は大体一一七〇年前後の院政期の『源氏一品経』『今鏡』などの諸書に現れ、以後中世を通して長く伝承された。

『源氏一品経』──堕地獄説

唱導の名手、澄憲の作とされる『源氏一品経』（一一六六頃成立）がある。本書巻末に全文を掲載したが、そこでは紫式部が読者とともに地獄に落ちたという話が記される。すなわち源氏物語は「言は内外の典籍に渉り、宗は男女の芳談を巧みとする」、古来の物語のなかで「秀逸」な物語であるが、「艶詞はなはだ佳美」にして「心情多く揚蕩」する物語なので、深窓に育つ結婚前の娘がこれを見てはひそかに「懐春の思い」を動かし、独身の男は「秋思の心」を労することになった。そのために紫式部の亡霊も読者もすべて「輪廻の罪根」を結び、「奈落の剣林」に堕ちたというのである。その紫式部の亡霊が人の夢に現れて、罪根の重いことを告げたので、禅定比丘尼が奈落に落ちた紫式部と読者を救うために、「道俗貴賤」の人々に勧めて法華経を書写して供養するというのである。

昔白楽天発願し、狂言綺語の謬《あやまり》を以て、讃仏乗の因と為し、転法輪の縁と為す。今比丘尼済物、数篇の艶詞の過ちを翻して、一実相の理に帰し、三菩提の因と為す。彼も一時なり、此も一時なり。共に苦海を離れ同じくは覚岸に登らん。(2)

すなわち白楽天が「狂言綺語の謬」に気づいて仏法に帰依する因縁にしたように、比丘尼は紫式部の亡魂を救うために、「艶詞の過ち」を翻して仏教の真理、悟りの境地に至る因にしようと言う。

『今鏡』――観音化身説

こうした堕地獄説を裏返した形が観音化身説である。『今鏡』（一一七八頃成立）「作り物語のゆくへ」の段では、源氏物語は「綺語とも雑穢語などはいふとも、さまで深き罪にはあらずやあらむ」、「情をかけ、艶ならむに因りては、輪廻の業とはなるとも、奈落に沈む程にやは侍らむ」と言って、源氏物語と紫式部の「罪」を「奈落に沈む」ほどの「罪」ではないと弁護する。その上で、「女の身にてさばかりの事を作り給へるは、ただ人にはおはせぬやうもや侍らむ。妙音観音など申すやむごとなき聖たちの女になり給ひて、法を説きてこそ人を導き給ふなれ」と語って、観音化身説を提起したのである。紫式部は観音の化身であるから、「法を説きてこそ人を導き給ふなれ」というように、源氏物語には「法」が説かれているという捉え方が出てくるのである。

いったいどのような「法」が説かれているというのであろうか。あるいはどのように「法」が説かれているというのであろうか。次の一文を見てみよう。

罪深き様をも示して、人に仏の御名をも唱へさせ、弔ひ聞こえむ人のために、導き給ふはしとなりぬべく、情ある心ばへを知らせて、うき世に沈まむをも、よき道に引き入れ、世のはかなき事を見せて、あしき道を出だして、仏の道に勧む方もなかるべきにあらず。(3)

「罪深き様をも示して」が具体的に何を指すか、明らかではないが、普通に思い浮かぶのは源氏と藤壺の密通事件であろう。そういう人間の罪深い姿を示して、人に仏の御名を唱えさせ、それが供養する人のためには仏道に導く端緒になるというのである。罪深い物語を読めば、読者は仏の御名を唱えたくなり、さらに供養しようと思う、物語はそのようにして読者を仏道に導く端緒になるというのである。こうした論理は方便説といってよいであろう。「仏も譬喩経などいひて、なき事を作り出だし給ひて説き置き給へるは、こと虚妄ならずとこそは侍れ」とも述べていた。

次の「情ある心ばへを知らせて」というのも具体的に物語のどういうところ指しているのか分かりにくいが、海野泰男氏がこの後に語られる、八の宮、大君、朱雀院などのことを指すというのに従いたい。(4)八の宮が亡くなった妻を悼んで優婆塞の戒を保ち、大君が女の潔い道を守り、朱雀院が弟冷泉帝に譲位して西山に住み仏道に専心したように、物語は思いやりや心遣いのある登場人物の様子を読者に知らしめ、迷妄の世に沈もうとする人々を仏の正しい道に引き入れるというのである。

さらに「世のはかなき事を見せて」、すなわちこの世の無常であることを示すことで、読者を仏の道に導くことになると言う。「世のはかなき事を見せて」というのは光源氏を例として説明される。光源氏は桐壺帝の限りない寵愛を受け、比類ない運命であったのに、「夢幻の如くに」亡くなった、そういう物語を読めば、読者は「世のはかなき事」を思い知るだろうというのである。源氏物語はそういう物語であるというのである。

こうした『今鏡』の源氏物語評論は方便説に立つ批評だと言ってよい[5]。「智恵を離れては、闇にまどへる心をひるがへす道なし、惑ひの深きによりて、憂き世の海の底ひなきには漂ふ業なりとぞ、世親菩薩の作り給へる書の始めつ方にも宣はすなれば、ものの心を弁へ、悟りの道に向かひて、仏の御法をも広むる種となし、云々」というように、源氏物語は読者に「智恵」を与え、「ものの心」を弁えさせて、「闇に惑へる心」を覚醒させ、仏法を広める種になる作品だという捉え方である。こうした観点は『源氏一品経』には見られなかったところである。『今鏡』の批評は物語の内容に即しながら、方便説をわかりやすく展開したのだと言ってよい。

しかし、こうした方向で読むかぎり、仏教の真理というものは自明なものとして存在していて、読者は物語の場面や人物の生き方のなかに仏教の真理に気づき、仏道に進むことを期待されているという方向に行くしかない。本居宣長が批判したように、そうした読み方は物語の意味を儒仏の教理に回収することにならざるをえない。それでは物語が物語として切り開いた思想の地平が見失われる(6)。

しかし、宣長の「もののあはれ」論も源氏物語を「もののあはれ」という思想に一義的に回収する点では、『今鏡』と立場は違うけれど、同様の限界を持っていたと言わなければなるまい。たとえば、光源氏が仏道にどのように向き合ったのか、作者は仏教をどのように捉えていたのかという、作品の主題論的構造論的な分析は放棄されて、物語の意義は「もののあはれ」を知るという一義に収斂されたからである。ここはやはりはじめに触れたように、登場人物の仏教への向き合い方、あるいは仏典の引用を具体的に検討することから、源氏物語における仏教の問題は考えなければならない。

二　光源氏の出家への道のり

以下、光源氏の出家の問題を取り上げてみる。光源氏の出家については、宿木巻に薫の話として、光源氏が晩年の二三年を出家して嵯峨院に住んでいたこと、嵯峨院や六条院を訪ねる人は悲しみを静めようがなかったことなどが語られた。嵯峨院は生前に建立した嵯峨野の御堂(松風巻)であろう。そこでの光源氏の出家生活や心境を具体的に確認できる記事はないが、「さしのぞく人の心をさめん方なくなんはべりける。木草の色につけても、涙にくれてのみなん帰りはべりける。」（宿木・⑤三九五頁。引用は新編日本古典文学全集本による）と語られた。これはかつての光源氏の栄華を承知している人々が、源氏の出家生活を見て感じた感想なのか、光源氏じしんの出家生活が憂愁に閉ざされたものであると観察したということなのか、どちらなのか判断しにくい。前者であれば、源氏じしんは心を澄まして仏道修行に専念していたと考えることも可能である。見舞った人々がかつての源氏の栄華とかけ離れた出家姿に接して、堪えがたい思いに駆られたということかもしれない。光源氏の出家生活とはどのようなものであったのかはわからないが、源氏が人生の最後を出家によって締めくくったことは間違いない。源氏の出家への道筋をたどることで、源氏物語における仏教の問題を考えてみる。

その際、光源氏の出家の物語を仏伝との関わりから検討してみる。光源氏と仏伝との関わりを正面から取り上げたのは高木宗監氏である。高木氏は源氏物語が「釈尊伝」に準拠しているとして、釈尊誕生や釈尊入滅の叙述が光源氏の誕生や予言、死の物語に取り込まれていると論じた。(7) そこで用いられた「釈尊伝」は『過去現在因果経』『摩訶摩耶経』『仏所行讃』などである。高木氏の指摘は外面的な類似の指摘であるので、それを参照しながら、しかし、もう少し別の角度から光源氏の物語と仏伝との関係を考えてみる。仏伝は本稿ではもっぱら『過去現在因果経』を比較のテクストとして利用する。

光源氏の仏道への素地

さて光源氏の仏道への関心は比較的早くから見られる。阿部秋生氏によれば、光源氏は空蟬との別れ、夕顔との死別という経験を通して、去りゆくもの、移りゆくものをとどめかねる「苦しさ」を知るが、それは無常観に通じる意識であり、「源氏という人物は、やがて無常を知り、仏法を志すこともありうるという素地ともいうべき感覚をもっていたということだけはいっておくことができるであろう」(8)という。これは十七歳の時のことであるが、光源氏が仏道への素地をもつ人物として造型されたという点は注意しておきたい。

十八歳の春、北山に瘧病の治療に行った時には、北山の僧都と面会し、僧都から「世の常なき御物語、後の世のことなど」の話を聞いて、源氏は「わが罪のほど恐ろしう、あぢきなきことに心をしめて、生けるかぎりこれを思ひ悩むべきなめり、まして後の世にいみじかるべき思しつづけて、かうやうなる住まひもせまほしうおぼえたまふものから」(若紫・①二一一頁)と語られた。罪障への恐れ、藤壺への恋ゆえに来世で地獄に堕ちるのではないかという恐れを覚えて、出家に心惹かれたというのである。阿部氏の説に従って、ここにも仏道への素地というものが源氏の人生行路に敷設されたと言ってよいであろう。しかし、この時には具体的な出家のイメージがあったわけではない。ただ「かうやうなる住まひもせまほしうおぼえたまふ」という、その時だけの憧れのような気分であり、切実に出家を願ったわけではない。そう思う次の瞬間には昼間ひと目見た紫の少女への関心に気持ちは変わっていたからである。

その後、出家への明確な思いが語られるのは、葵の上と死別した時のことである。葵の上の死が六条御息所の物の怪によるものであったことから、源氏は厭世観を強めた。「憂しと思ひしみにし世もなべて厭はしうなりたまひて、かかる絆しだに添はざらましかば、願はしきさまにもなりなましと思すには」（葵・②五〇頁）というのである。この絆しは紫の上だけでなく東宮冷泉や生まれたばかりの夕霧も含まれているのであろう。そういう絆しがなければ、「願はしきさま」すなわち出家したいと思ったのである。二十二歳の年のことである。

その翌年父桐壺院が亡くなるが、その時にも、「去年今年とうち続き、かかることを見たまふに、世もいとあぢきなう思さるれど、かかるついでにも、まづ思し立たるることはあれど、またさまざまの御絆し多かり。」（賢木・②九八頁）と語られた。去年は妻を、今年は父を亡くした悲しみから、厭世観を深めて出家を思うが、絆しが多くて出家しかねるというのである。葵巻、賢木巻のこういう出家への願いは仏道への素地が次第に光源氏の内面に血肉化してくる過程であったといえよう。

「絵合」巻の出家観

桐壺院の没後、光源氏は人生で最大の挫折を経験した。朱雀帝の外戚である右大臣・弘徽殿大后の政権下で、源氏は須磨に退去を余儀なくされた。その後、朱雀帝の譲位によって帰京した源氏は、冷泉帝の後見として内大臣になり権勢を確立する。三十一歳になっていたが、栄耀栄華を手中にした中で、次のようなことを考えていた。

大臣ぞなほ常なきものに世を思して、いますこし大人びおはしますと見たてまつりて、なほ世を背きなんと深く思ほすべかめる。……静かに籠もりゐて、後の世のことをつとめ、かつは齢をも延べんと思ほして、山里ののどかなるを占めて、御堂を造らせたまひ、仏経のいとなみ添へてせさせたまふめるに、末の君たち、思ふさまにかしづき出だして見むと思しめすにぞ、とく棄てたまはむことは難げなる。いかに思しおきつるにかといと知りがたし。

（絵合・②三九二頁）

源氏はこの世は無常であると観じているので、冷泉帝がもう少し大人になったら出家しようと思う。今の繁栄は須磨明石に流謫した代償のようなものであり、これ以上の栄耀栄華をむさぼることは寿命が心配だ。静かに引きこもって後生のための勤行をし、命を延ばそうと思って山里に御堂を造り、仏像や経巻の供養をさせる。とはいえ、幼い明石姫を思い通りに育てたいと思うので、すぐに出家するというわけにもいかない。どうお考えなのだろうかというのは、語り手の批評である。

若紫巻とは趣の違う述懐であるが、ここで源氏の考える出家のありかたは具体的で分かりやすい。出家の時期はいつになるか分からないが、早くも御堂を造営して仏像や経巻の供養をするというのである。何不自由ない現世の栄華を極めてから出家して齢をも延ばそうというのであり、これは光源氏のような貴族にしかできない出家であり、権門貴族にとっての理想的な出家であったと考えられる。こういう出家観は後に見る『過去現在因果経』に語られる王にのみ許された出家である。

御法巻の出家観

この後の物語で光源氏の出家観が語られるのはずっと後の御法巻、幻巻である。紫の上は病が重くなり、源氏に出家したいと訴えるが、源氏は許さない。その理由は、自分も同じように出家したいと思っているのだが、いったん出家した以上は仮初めにも俗世を顧みることはすまいと決意しているので、この世で修行する間は同じ山に籠もっても、峰を隔てて離ればなれに住むつもりなので、このように病の重い紫の上と別れ別れになって出家することは心に迷いを生じてできない、というのである。

さるは、わが御心にも、しか思しそめたる筋なれば、かくねむごろに思ひたまへるついでにもよほされて同じ道にも入りなんと思せど、一たび家を出でたまひなば、仮にもこの世をかへり見んとは思しおきてず、（御法・④四九四頁）

一度出家したら、断じて現世を顧みることはしないというところに、光源氏の出家に対する覚悟の厳しさが見て取れる。それだけに決断がにぶるのである。

しかし、出家の時期は迫ってきていた。紫の上が亡くなった。光源氏五一歳、紫の上四三歳である。紫の上の死は八月十四日、翌十五日の暁には火葬に付した。このあまりに早い葬儀の理由はよくわからないが、この日が遠からず来ることを覚悟していた源氏は、その時にはそのようにしようと決めていたのであろうか。紫の上の亡くなった直後泣き暮らす日々の中で、源氏は自分の人生を回顧する。その様子は次のように語られた。

いにしへより御身のありさま思しつづくるに、鏡に見ゆる影をはじめて、人には異なりける身ながら、いはけなきほどより、悲しく常なき世を思ひ知るべく仏などのすすめたまひける身を、心強く過ぐして、つひに来し方行く先も例あらじとおぼゆる悲しさを見つるかな、今はこの世にうしろめたきこと残らずなりぬ、ひたみちに行ひにおもむきなんに障りどころあるまじきを、いとかくをさめん方なき心まどひにては、願はん道にも入りがたくや、とややましきを、「この思ひ少しなのめに、忘れさせたまへ」と、阿弥陀仏を念じた

てまつりたまふ。（御法・④五一三頁）

自分の身の上は鏡に映る容姿を始めとして格別な身であったが、幼い頃から人の世は悲しく無常であることを理解させようと仏などが勧めてくださったのに、素知らぬ振りで過ごしてきて、そのあげく紫上の死という後にも先にも例のないと思われる悲しい目に遭った。今はこの世に思い残すことはなくなった。ひたすら仏道の修行に進むのに何の支障もないが、このように悲しみの静めようもなく心を乱していては、出家の道にも入りがたいと、気がかりなので、「この悲しみを少しでも軽くして忘れさせてください」と、阿弥陀仏に祈念申し上る、というのである。光源氏の表情は憂愁に沈んでいる。

幻巻の出家観

これと同じ内容の文章が幻巻にもある。紫の上が亡くなった翌年の春、悲しみに沈む源氏は古女房を相手に、次のように自分の生涯を述懐した。

この世につけては、飽かず思ふべきことをさをさあるまじう、高き身には生まれながら、また人よりことに口惜しき契りにもありけるかなと思ふこと絶えず。世のはかなく憂きを知らすべく、仏などのおきてたまへる身なるべし。それを強ひて知らぬ顔にながらふれば、かく今はの夕近き末にいみじき事のとぢめを見つるに、宿世のほども、みづからの心の際も残りなく見はてて心やすきに、今なんつゆの絆なくなりにたるを、これかれ、かくて、ありしよりけに目馴らす人々の今はとて行き別れんほどこそ、いま一際の心乱れぬべけれ。いとはかなしかし。わろかりける心のほどかな。

（幻・④五二五～六頁）

自分はこれといって不足に思うことのない高貴な身の上に生まれながら、しかし、他人と比べると格別に不本意な運命であったと思わずにはいられない。この世は無常で憂愁に満ちたものであることを教えようと、仏がお決めになった身なのであろう。それを素知らぬふりをして生き長らえてきたので、こうした晩年になって紫の上の死という悲しみの極みを体験することになり、自分の運のつたなさも器量の限度もすべて見極めがつき、心は落ち着いた。今はこの世に絆しはなくなったが、そなたたち、以前よりも親しくなった人たちと別れる時には、今一段と心が乱れるにちがいない。たわいのないことだが、思い切りの悪い了見であるよ。こんなふうに話した。

この二つの文章がよく似ていることは明らかであるが、阿部秋生氏はこれと若菜下巻の類似の一文とを併せて、光源氏が自分の生涯を繰り返し「憂愁」の思いで捉え返しているとして、それをどう解釈すべきか、どのような意味があるのかを問うた。そして「自他共に許していた世俗の栄華にもかかわらず、わが生涯は憂愁悲哀に満ちたままならぬ生涯であった、といわざるをえないという述懐が、若菜下・御法・幻に、殆ど同一の論の運びで繰返されている」[9]という。それは実は源氏だけでなく、藤壺も紫上も共に抱いていた思いであったといい、物語の中でもっとも華麗な生涯を送った三人が、「一様に口裏をあわせたように、世の人も、自分自身も、この世の栄華の限りを尽くしたことは認めるが、それにも拘らず、わが生涯は憂愁の思いのたえぬものであった、といっていた」、これをどう考えればよいかというのである。氏はそれを「人間の宿命的な袋小路」を描いたとして、作者の問いつめた人間にとっての普遍的な主題であったと論じた[10]。

ここで光源氏が繰り返し述懐した、「悲しく常なき世を思ひ知るべく仏などのすすめたまひける身を」、「世のはかなく憂きを知らすべく、仏などのおきてたまへる身なるべし」という言葉は、出家が人生の最後の道として見定められたことを、自分で確認しているのであろう。「悲しく常なき世」と言い、「世のはかなく憂き」と言うのは、自分の人生が悲哀、無常、憂愁に包まれていたものであるとともに、人の世はそういうものであったと、改めて実感的に認識したということなのであろう。そういう認識の果てに光源氏は出家に至ったという構図である。

三　「御仏名」の日の光源氏

「御仏名」の祈り

その紫の上の死から一年四ヶ月後の十二月に、光源氏は六条院で例年通りに仏名会をおこなった。その間、源氏はまったく人前に出ることなく、六条院に籠もりきりでもっぱら女房たちを話し相手にして涙の日々を過ごした。その傷心の姿には以前の自信と威厳に満ちた面影はまったく見られなかった。この仏名会は源氏五十二歳の十二月の行事であり、六条院では毎年恒例の行事になっていたものと考えられる。仏名会は元来宮中の行事として光仁天皇の代に始まり、仁明天皇の承和五年十二月十五日清涼殿において行われた頃から恒例となった。罪障懺悔と長寿を祈る法会であった[11]。源氏がいつから始めたかはわからないが、この時期六条院の年末の恒例行事であったことは間違いない。

御仏名も今年ばかりにこそはと思せばにや、常よりもことに錫杖の声々などあはれに思さる。行く末長きことを請ひ願ふも、仏の聞きたまはんこと、かたはらいたし。雪いたう降りて、まめやかに積もりにけり。導師のまかづるを御前に召して、盃など常の作法よりも、さし分かせたまひて、ことに禄など賜す。年ごろ久しく参り、朝廷にも仕うまつりて、御覧じ馴れたる導師の頭はやうやう色変りてさぶらふも、あはれに思さる。

（幻・④五四八〜九頁）

源氏はこの御仏名がこの世の最後の行事だと思っている。例年行ってきた御仏名も今年が最後だと思うと、錫杖の声々が身にしみて聞こえるというのは、年が明ければ出家を決意しているからである。それゆえ導師が源氏の長寿を祈るのを聞くと、仏からまだ現世に執着しているのかと思われるのではないかと気が引けるという。光源氏の出家の意志は固まっていた。その思いが導師に対する格別に丁重なもてなしにもなる。

導師に柏梨の酒を賜う時には、次のように詠んだ。

春までの命も知らず雪のうちに色づく梅を今日かざしてん

（幻・五四九頁）

導師は源氏の長寿を祈ったが、源氏は「春までの命も知らず」と、寿命はいつ尽きるかわからないと詠む。「雪の中で色づいた梅を今日は簪にしよう」というのは、いつ尽きるかわからない命だからこそ、今の命を大切にしたいというのであろう。出家の意志を固めた源氏は、その先に死を見つめているのであろうと思われる。

そして大晦日に詠んだ源氏の歌は次のようである。

もの思ふと過ぐる月日も知らぬまに年もわが世も今日や尽きぬる　（幻・五五〇頁）

これが光源氏の最後の歌である。もの思いをして月日の過ぎるのも知らずにいたあいだに、今年も自分の人生も今日で終わってしまうのか。万感の思いが込められた歌である。この歌にもの思いに明け暮れた人生に別れを告げて、新年にはこれまでとは違う出家生活に入るのだという決意が表明されていると思われる。御仏名の日を境に源氏は新しい源氏に生まれ変わったのである。少なくとも源氏の覚悟としては、それまでとは違う生き方に臨む決意が固まったと思っていたのであろう。

「仏身的な光」に包まれる光源氏

そう覚悟が定まるまでに一年四ヶ月を要したのであるが、仏名会の前に紫の上の文反古をすべて焼き棄てたことは、その決意を象徴する行為であったといえよう。

かきつめて見るかひもなし藻塩草おなじ雲居の煙とをなれ　（幻・五四八頁）

文反古は紫上との愛の形見であるがゆえに、それがあるかぎり紫上は絶えず源氏の前によみがえってくる。それは源氏にとって「長恨」(12)のよすがにほかならない。文反古を焼き、紫上の形見をすべて身辺からなくすことで、源氏は悲しみに訣別し出家へと踏み出すのである。御仏名はそのための画期をなすのである。御仏名においてわが身の罪障を懺悔した光源氏は、涙にくれた日々に別れ、決然とした姿を人々の前に見せる。悲しみは胸に納めて、新しい地平に立ち向かう姿を示す。それが光源氏の美学である。悲しみのあまりに惚けてしまったというような評判が立つことは、光源氏には許されない。

仏名会を終わって人々の前に姿を現した時には、見違えるような姿であった。次のように語られた。

その日ぞ出でゐたまへる。御容貌、昔の御光にもまた多く添ひて、ありがたくめでたく見えたまふを、この古りぬる齢の僧は、あいなう涙もとどめざりけり。(幻・④五五〇頁)

この「昔の御光にもまた多く添ひて」という、「御光」を体現する光源氏とはどのような姿なのであろうか。この光に包まれて「ありがたくめでたく」見えた姿は、紫の上の追憶に泣きくれていた時の姿とは打って変わった姿である。御仏名の後の「御光」につつまれた姿はどのように理解したらよいのか。

玉上琢彌『源氏物語評釈』(九巻)は、ここに「仏身的な光」「仏身にも似た光」を読み取る。

次のようにいう。

「幻」巻は、一段一段、季節の進行に合わせた源氏の悲傷を描きすすめてきたが、その内面にひとすじ道心の深まりが進行していた。道心の深まりということが表立って語られているとは思えない。しかし、深く潜み、やがて地下水のごとく湧出してきた感じである。表立って描かれるのは、悲傷を描くことによっての紫の上への愛である。愛の物語として、愛の人としての光る源氏を、『源氏物語』は語り通したのである。

その内面を流れ、最後の日に、仏身にも似た光を放ち、悟りに明るい心を示す源氏の道心を、読者は認めるであろう。(13)

しかし、同じこの箇所について、柳井滋氏はもう少し慎重な読みを示した。

むかしの御光よりも多く添うと、あらためて源氏の容貌の美しさを強調している。(略)注意されるのは、賛美者の代表に、導師の老僧を置いていることである。長年、源氏や宮廷に仕え、源氏もよく知っている僧である。老僧の目には、かつての御光が残っている。かつて雲林院において、「山寺にはいみじき光行ひ出だしたてまつれりと、仏の御面目ありと、あやしの法師ばらまでよろこびあへり」(賢木・略)と、僧たちは賛美した。それと同じく仏者的賛美の色合いが加わる。諸々の罪が消えた源氏の姿の美しさに導師の老僧が感涙にむせぶ。それは、出家を遂げようとする源氏にふさわしい賛美といえよう。しかし、それは他者が外から見た賛美である。仏名に臨んだ源氏の心境、その内面はどうだったのか(14)。

「御容貌、昔の御光にもまた多く添ひて」という光源氏の姿に、『評釈』は「仏身にも似た光」を認め、「悟りに明るい心を示す源氏の道心」を読み取る。これに対して、柳井氏は源氏の「御光」は「仏者的賛美」「他者が外から見た賛美」として、「源氏の心境、その内面はどうだったのか」と、「内面」への注意を喚起する。この「御光」はどのように受け止めればよいのか。「他者が外から見た賛美」なのか、光源氏の体現した「仏身的な光」であったのか。

この時の「御光」は老僧以外のすべての人々によっても認知されていたと解釈できるので、これは単に老僧の見た賛美にとどまらず、光源氏の体現した「仏身的な光」と解してよいであろう。源氏の「内面」もかつての涙にくれていた時とは異なる次元に至っていたと見られる。この時光源氏は「仏身に似た光」に包まれていたのだと思われる。その「仏身に似た光」とは何か。それは釈尊の成道の時の光り輝く姿に重ねることができるのではないか。光源氏のこれまで見てきたような出家への道のりは、釈迦の成道に至る道のりと重ねられているのではないか。そのように考えられる。そのことを、以下『過去現在因果経』の仏伝との対比を通して考えてみたい。

四　仏伝と光源氏との対比

仏伝の概略

はじめに『過去現在因果経』によって仏伝の概略を見、次に「光」の表現の代表的なところに注目しながら、光源氏の物語との対比をしてみる。

まず仏伝の概略を見よう。釈尊の前世は善慧菩薩であり、その転生である。その善慧菩薩は次のような経歴の人であった。善慧ははじめ仙人であったが、「五の奇特の夢」を見て、夢の意味を知ろうとして、智者を求めて旅に出、普光如来に出会い師事して比丘となる。夢の意味は普光如来によって、善慧が「衆生を化導して、悩熱を離れし」め、成仏する相であると解き明かされる。

それ以来、善慧は正法を護持して衆生を教化し、いくたの輪廻転生を繰り返した後、兜率天に生まれて菩薩となる。兜率天でも諸々の天主や十方国土の衆生のために法を説く一方、また転生すべき国土を観察して、閻浮提の迦毘羅旆兜国の白浄王の摩耶夫人の腹に生まれることにする。善慧菩薩が閻浮提に生まれることを知った兜率天の天人たちが嘆き悲号涕泣するのに対して、善慧は「諸行無常、是生滅法、生滅滅已、寂滅為楽」と偈を説き、閻浮提に転生する目的を次のように語った。

汝等当に知るべし。今は是、衆生を度脱するの時ぞ。我、応に閻浮提中、迦毘羅旆兜国、甘蔗の苗裔、釈姓の種族、白浄王の家に下生すべし。我、彼に生まれ、父母を遠離し、妻子及び転輪王の位を棄捨して、出家学道し、苦行を勤修し、魔怨を降伏して、一切種智を成じ、一切世間の天・人・魔・梵の、転ずる能はざる所の法輪を転じ、亦過去の諸仏の行ぜる法式に依りて、広く一切の諸天人衆を利し、大法幢を建てて、魔幢を傾倒し、煩悩海を竭し、八正路を浄うし、諸法印を以て、衆生の心に印し、大法会を設けて、諸々の天人を請ぜん。汝等、(略)是の因縁を以て、応に憂悩すべからず。

(『国訳一切経』本縁部四、『過去現在因果経』巻一、一二頁。但し旧漢字は常用漢字に直した。)

ここに語られるとおり、善慧は白浄王の太子として下生する。この太子が後の釈尊であるが、その生涯はこの一文に要約されている。すなわち、ここに語られたところは太子の生涯の予言なのであり、太子=釈尊はこの善慧菩薩の予言どおりの人生を生きるのである。

太子は周知のように、摩耶夫人の右脇から生まれる。生まれると同時に七歩して、右手を挙げて獅子吼した。その「身は黄金色にして、三十二相あり。大光明を放ちて、普く三千大千世界を照らす」（巻一・一六頁）。この「身は黄金色」で「大光明を放つ」というところに注意したい。光源氏が「玉の男御子」と呼ばれ、「光君」と呼ばれたことは、「黄金色」や「大光明」という太子の輝きとは程度や規模が異なるが、その存在を光の比喩で語る点は共通する。

その太子の誕生によって三十四の奇瑞が現れたが、白浄王が太子の相を占わせると、多くの婆羅門が、「我、太子を観るに、身色光焔、猶、真金の如く、諸の相好あり、極めて明浄となす。若、出家せば当に一切種智を成ずべし、若、在家ならば転輪聖王と為りて、四天下を領せん」（巻一・二〇頁）と占う。さらに婆羅門よりも優れた観相家である阿私陀仙人は、婆羅門の観相を肯定した上で、太子は必ず「正覚」を成就すると説いた（巻一・二四頁）。これは太子の出家を意味するので、白浄王にとっては深い悩みの種となる。王は太子を後継者としたいので、その出家を思いとどまらせるために、これ以後さまざまな引き留め工作をおこなうことになる。一方、母の摩耶夫人は太子誕生から七日で亡くなる。

このあたりは奇瑞はともかくとして、光君が高麗の相人や宿曜や倭相から「帝王の相」をもつが、帝王になるとすると「乱憂」が起こると繰り返し占われたこと、また光君の母更衣が光君三歳の年に早世したことなどと似通う。白浄王が太子を愛したことと、桐壺帝が光君を愛したことと似る。

「転輪聖王」と光源氏

特に太子は「在家であれば転輪聖王となり、出家すれば一切種智を成じる」とされたが、光源氏も転輪聖王に喩えられた点が注目される。若紫巻の北山の場面であるが、瘧が癒えて京に帰る源氏に対して、北山の僧都は次のような歌を詠んだ。

優曇華の花待ちえたる心地して深山桜に目こそうつらね　（若紫・①二二一頁）

『紫明抄』『河海抄』は『倶舎論』『法華文句』他を引いて、優曇華は三千年に一度出現し、その時には金輪王が出現すると注した(15)。金輪王は転輪聖王の一人である。『細流抄』は『般泥洹経』を引いて、優曇華は「優曇鉢」で、それが「金華」を付けると仏が現れると注した(16)。『紫明抄』『河海抄』の引く経典では、優曇華は金輪王の出現と一体であるが、仏の出現を意味しない。『紫明抄』『河海抄』は僧都の歌は光源氏を金輪王＝転輪聖王に見立てた歌として解釈したのである。とすれば、これは光源氏の「帝王の相」と一体の比喩である。光源氏は在家であれでは転輪聖王になるはずなのである。『細流抄』によれば仏になることになる。この二つの注を合わせれば、光源氏は転輪聖王になるか仏になる者に見立てられたということになる。僧都の歌は光源氏と太子との共通点を示すものとして重要である。

しかし、いうまでもなく、太子は釈尊になる道を先天的に生きるのに対して、光源氏は世俗の人として生きるのであり、その点で『細流抄』の注は問題があるかもしれない。とはいえ、光源氏の出家には太子に共通する憂愁の思いが付きまとっていたことには注意する必要がある。太子は七歳になると婆羅門に就いて書芸を学ぶが、技芸・典籍・議論・天文・地理・算数・射撃のすべてにわたって精通していたから、婆羅門は教えることはないと話した（巻一・二六頁）。これまた光源氏が七歳で学問をはじめると、その聡明ぶりに、帝は「あまり恐ろしきまで御覧ず」と語られ、学問だけでなく琴や笛でも「雲居をひびかす」（桐壺・①三八〜九頁）というありさまであったところと似通う。

五　光源氏と釈迦の憂愁と成道

太子と光源氏との最大の違いは、太子が「在家を楽しまなかった」ということ、耶輸陀羅と結婚後も「禅観を修するのみ」で「夫婦の道」はなく、白浄王は太子が「不能男」ではないかと深く恐れた（巻二・三〇、三一頁）というところであろう。王は国嗣の絶えることを恐れ、その意向を受けた臣下が、「古昔の諸王も、及び今現在のも、皆悉く五欲の楽を受けて、然る後に出家す。（中略）太子、五欲を受けて、子息あらしめ、王嗣を絶たざれ」と諫言したとき、太子は次のように答えた。

誠に所説の如し。但、我、国を捐つるを以ての故に、爾るにあらず。亦復、五欲に楽なしと言はず。老病生死の苦を畏るるを以ての故に、五欲に於て、敢て愛著せざるなり。汝が向に言へる所、「古昔の諸王は、先づ五欲を経て、然る後に出家す」と。此の諸王等、今何許にか在る、愛欲を以ての故に、或は地獄に在り、或は餓鬼に在り、或は畜生にあり、或は人・天に在り。是の如き輪転の苦あるを以ての故に、是を以て、我、老病の苦、生死の法を離れんと欲するのみ。（巻二・三七頁）

これが太子が釈尊になるゆえんである。宮城の外に出て老人を見ては、「益厭離を生じ、即ち車を廻して帰り、愁ひ思うて楽しまず」（同上、三二頁）、病人を見ては、「此の如き身は、是、大苦の聚」と言い、「即便ち車を廻らし、還つて王宮に入り、坐に自ら思惟し、愁憂して楽しまず」（同上、三三頁）、死者を見た時には、「宮に到りて、惻愴常に倍す」（同上、三七頁）というように、太子は人生の苦の諸相について常住坐臥、「愁思」「愁憂」「惻愴」の念を抱いていた。これが太子の出家の発条となるのであるが、光源氏の「在家」の暮らしのなかにも、二節に詳しく見てきたように、出家に至る階梯では似たような面があったと理解してよいであろう。むろん太子は人類のためを考えたのに対して、光源氏は自己一身のことにとどまるという違いは歴然としているのであるが、それは今は措く。

御仏名のあとの「光」につつまれた姿は、悲哀や憂愁を見極め無常を悟った心境に至った姿であったということなのであろう。[17]それを釈尊の成道になぞらえてみたい。

出家した太子は六年の苦行ののちに、菩提樹下の修行で魔を退散させて成道を遂げた時、「大光明を放って」いた。

爾の時、菩薩、慈悲力を以て、二月七日の夜に於て、魔を降伏し已りて、大光明を放ち、即便ち入定して、真諦を思惟し、諸法中に於て、禅定自在に、悉く過去所造の善悪を知りて、此より彼に生じ、父母眷属・貧富貴賤・寿夭長短、及び名姓字、皆悉く明了なり。
（巻三・七〇頁）

こうして太子は魔を降伏して真諦を思惟し悉く明瞭に悟りを得た結果として、「大光明」を放つのだが、光源氏の憂愁と悲泣の果ての姿が光に包まれていたのを、それになぞらえて理解したいと思う。光源氏の出家に仏伝の構造を読み取る観点からは、そのような理解が可能であろうと思う。

六　光源氏の出家

御仏名のあとの「光」につつまれた光源氏の姿を釈尊の成道に準えてみたが、それでは出家後の光源氏は、「真諦を思惟し、諸法中に於て、禅定自在に、悉く過去所造の善悪を知」るという成道に比せられる境地に到達しえたのであろうか。釈尊の成道は「此より彼に生じ、父母眷属・貧富貴賤・寿夭長短、及び名姓字、皆悉く明了なり」というように超能力を体得して、万人の過去世の善悪から来世まで見通すことが出来たというものであるから、そういう意味では光源氏に成道はありえない。

一方、たとえば慶滋保胤撰『日本往生極楽記』（九八五成立）に語られる人々のように、源氏もまた阿弥陀仏の来迎引接を確信して、澄明な心境で勤行に専心する出家の日々を過ごすことができたのであろうか(18)。先に見た、宿木巻に語られた光源氏の姿からはやはり出家によっても憂愁や悲哀から離脱できなかった姿が浮かぶ。人々が光源氏の出家生活をのぞき見て感じたこと、「さしのぞく人の心をさめん方なくなんはべりける」、「涙にくれてのみなん帰りはべりける」という記事は、「仏身的な光」に包まれていたはずの光源氏が、その後の出家生活においてそうした光を失っていたことを暗示しているように思われる。作者は出家が人生の憂愁や無常からの救済を保証するものではない生の現実を見つめていたと思われる。仏道にすがりつつ、しかし、『日本往生極楽記』の人々のようには往生を確信できない不安な意識のたゆたいを、光源氏の出家は示しているのであろう。

それは『紫式部日記』の次のような迷いや不安に通じるものであろう。

いかに、今は言忌みし侍らじ。人、といふともかくいふとも、ただ阿弥陀仏にたゆみなく、経をならひ侍らむ。世のいとはしきことは、すべて露ばかり心もとまらずなりにて侍れば、聖にならむに懈怠すべうも侍らず。ただひたみちにそむき、雲に乗らぬほどのたゆたうべきやうなん侍るべかなる。それにやすらひ侍るなり。いたうこれより老いほれて、はた目暗うて経読まず、心もいとどたゆさまさり侍らんものを、心深き人まねのやうにはべれど、今はただかかる方のことをぞ思ひたまふる。それ罪深き人は、また必ずしもかなひ侍らじ。さきの世知らるることのみ多う侍れば、よろづにつけてぞ悲しく侍る。

（新日本古典文学大系『紫式部日記』三一五～三一六頁）

「阿弥陀仏にたゆみなく、経をならひ侍らむ」と阿弥陀信仰への帰依を述べ、出家することにためらいはないと言いながら、「雲に乗らぬほど」、すなわち聖衆来迎の雲に乗るまでは気持ちがぐらつき、出家もためらわれる。年を取ってゆくと目もかすんで経も読まなくなり、気持ちも無気力になるだろうから、信心深い人のまねをするようだが、極楽往生を願うが、それも罪障の深い自分には叶いがたいのだろう。前世からの宿業のつたなさを思い知らされることが多いので、何につけても悲しい、というのである。こういう迷いや不安は光源氏の出家にも通底していたのではなかろうか。

阿弥陀信仰と出家についてのこういう意識には、どのような歴史的な背景が存するのか。阿部秋生氏は光源氏の「憂愁の袋小路」を語った物語には、平安貴族社会の権門の人々の中に同様の憂愁の意識が生まれており、それが紫式部にも伝わってきたということではないかという。(19) 文学が同時代の意識や精神の深い闇を探ることがあるとするならば、源氏物語の出家の問題にもその時代の不安や迷いが形象されていたと考えて不都合はない。

それはあるいは仏教界の思想的アポリアに通底していたかもしれない。渕江文也氏はその点について次のように記した。やや長い引用になるが、引いておく。

> 内面的に自ら「仏」と成りえたとする成仏自証の困難さが平安時代の高僧の伝記に深い苦悩としてしばしば見えて来る。奈良朝仏教では未だ大方の有名僧にそうした深い苦悩は大きな自分たちの課題として意識の日程に上って来ていなかった。(中略)それが平安朝の慈覚円仁門系の名僧達のなかで成仏内証の難さに慄然としての追求と工夫との伝統が生じ

ていたことを、相応や尋禅や源信などの事蹟を手がかりとして考察したことがかつてあった。（中略）成仏自証の困難さが心ある人々に確認され、なおかつ絶対にそれが求められねばならぬと知っていればどうすればよかったのか、それが思想界第一の問題であった時代がある。（中略）成仏の自力自証は不能だから「念仏」生活によって第二階程の「極楽往生」の資とする。苦しき輪廻を遮断し不退転の「往生」を遂げた上で、まずこの一応の安心を得た上で終局目標の「成仏」的目的を得ることが、そこでは遅かれ早かれ必然として予約されている、とする思想の発見なのである。此の様な「過程安心」の把握と、従来の難業学解的仏教思想の後遺症的影響で、「念仏」も凡人には容易でない観念の念仏なのであるから「往生」も容易ならぬ事だとする思想との、重層する此の時代の思想が深く源氏物語に反映しているわけである。時代思想界のトップ・レベルの問題がかくまで深く、しかも何の衒いもないさりげなさで物語に反映しているについては、さような問題が此の作者の単なる知的関心による問題であったのではなく、自身の生き身の具体的な苦悶を解決しようとするに際して、その内層に自然と入り込んで来てしまった思想であったことを思わせられるのである。(20)

紫式部の阿弥陀信仰への帰依と不安は「成仏自証」の困難から発した仏教界の思想的問題に

連なっていたと、渕江氏は言う。「往生」じしんも容易ならぬとする仏教界の思想的問題が作者の内層に沈む問題として意識されていたというのである。光源氏の出家を通して作者の見据えていた問題は、同時代の最前線の思想的問題にかぶさっていたということである。同様の指摘は阿部秋生氏も最澄以来の課題として論じていた(21)。源氏物語の思想的精神的世界を理解するに当たって仏教の重要性を改めて考える必要を感じる所以である。

注

（1）源氏物語の仏教を検討した著書に、重松信弘『源氏物語の仏教思想』平楽寺書店・昭和四二年、岩瀬法雲『源氏物語と仏教思想』笠間書院・昭和四七年、丸山キヨ子『源氏物語の仏教』創文社・昭和六〇年、斎藤曉子『源氏物語の仏教と人間』桜楓社・平成元年、三角洋一『源氏物語と天台浄土教』若草書房・一九九六年などがある。丸山著は源氏物語の仏教が天台系を基本としながら法相唯識の思想が見られること、紫式部の仏教の背景を明らかにして有益である。三角著は源氏物語に引用される多種多様な経典、仏典を指摘して本文解釈に資する。

（2）「源氏一品経」は国語国文学研究史大成『源氏物語』上、三省堂、昭和三五年による。同書、三七頁。原文は「三菩薩」であるが、「三菩提」に改めた。

（3）『今鏡』の引用も注2に同じ。三八～三九頁。

(4) 海野泰男『今鏡全釈』下、福武書店、昭和五八年、「作り物語の行方」。

(5) 海野泰男氏は『今鏡』の源氏物語批評について、次のように述べた。「『源氏物語』は人間の罪深いさま、心遣いのあるさま、世のはかないさま、つまり人と世の真実の姿を見せ、人々をして仏道に勧める面があるという理解は、人間や人生を遙かにトータルに奥深く見ている。『今鏡』の『源氏物語』論を譬喩方便説といったり、菩薩化身説といったりするが、堕獄説と同じ仏教からの立論という印象のみが濃いきわめて目の粗い言い方であるといえる。時代の必然の思潮であった仏教の中に身を置きながら、教条主義におちいることなく、文学の価値や意義を(中略)正しく射当てていることを評価すべきであろう。」注4『今鏡全釈』下、五三二頁。

言われるとおり、『今鏡』の源氏論は教条主義的な単純な譬喩方便説ではなく、「人間や人生を遙かにトータルに奥深く見ている」、柔軟な批評であると言ってよい。その点は『無名草子』の印象批評より、深い作品理解を看取できるように思う。しかし、論の基本は方便説であるといわざるをえない。むしろ方便説によらなくては源氏物語の価値を評価する術がなかったということであろう。

(6) 本居宣長『源氏物語玉の小櫛』筑摩書房、昭和四四年。一巻「大むね」・二巻「なほおおむね」で、儒仏の論と物語との違いを力説する。「物語は儒仏などのしたたかなる道のやうに、まよひをはなれて、さとりに入べきのりにもあらず、又国をも家をも身をも、をさむべきをしへにもあらず、ただよの中のものがたりなるがゆゑに、さるすぢの善悪の論はしばらくさしおきて、さしもかかはらず、ただ物のあはれをしれるかたのよきを、とりたててよしとはしたる也。」（一九八〜一九九頁）。

（7）高木宗監『源氏物語と仏教』桜楓社、平成三年。第十章「仏教文学として観た『源氏物語』の種々相」。

（8）阿部秋生『光源氏論』東京大学出版会、一九八九年。第二章「光源氏の発心」七一頁。

（9）（8）に同じ。第四章「六条院の述懐」、一五四頁、一六六頁。

（10）（9）に同じ。第四章、二二八頁。第三章「光源氏の出家」、一五一頁。

（11）池田亀鑑編『源氏物語事典』上巻、東京堂、昭和三五年。「ぶつみやう」の項。

（12）ここでいう「長恨」とはいうまでもなく「長恨歌」の「長恨」の意味である。桐壺帝が桐壺更衣との死別を嘆く物語は「長恨歌」や「李夫人」の引用の物語であったが、それは「長恨」の主題の物語として理解できる。光源氏が紫上を追悼する御法・幻両巻もまた「長恨」の主題の物語として捉えうる。詳しくは、拙著『源氏物語の準拠と話型』至文堂、平成十一年。第三章「桐壺帝と桐壺更衣」、第八章「光源氏と桐壺院」参照。

（13）玉上琢彌『源氏物語評釈』九巻、角川書店、昭和四二年。一八一、一八三頁。

（14）柳井滋「御法・幻巻の主題」増田繁夫・鈴木日出男・伊井春樹編『源氏物語研究集成』二巻、風間書房、平成十一年。一一五頁。

（15）玉上琢彌編『紫明抄河海抄』角川書店、昭和四三年、四二頁、二五七頁。

（16）国文註釈全書『細流抄』八三頁。

（17）前掲、丸山キヨ子『源氏物語の仏教』には次のように言う。幻巻の光源氏の述懐について、「光る君が自ら省察し、自覚したものは、その脱し難き愛執の罪の生涯そのものであり、しかもそのまさに最も弱き所に働く仏の善巧方便、慈悲の計らいであり、（中略）そこからの脱離へと傾きかけている姿勢であったと思われる。」と言い、源氏が「新しい永遠に向かって旅立つべく身構えさせられた」ところに、物語の「高き宗教性」を認める（二四七頁）。光源氏おける「愛執の罪の自覚」とそこからの「脱離」の「姿勢」や「身構え」は無常観に立つものと考えておく。

(18)『日本往生極楽記』には四二話、四五人の往生者の話を載せるが、彼らは一心に阿弥陀仏を念ずることによって、往生の時には部屋には香気が満ち、空には音楽が響き、菩薩や僧侶が空中に来迎するというような奇瑞があったということが繰り返し語られた。

(19) 注9に同じ。第四章、二一八〜二二〇頁。たとえば師輔の子高光少将、道長の子顕信のような突然出家した貴公子たちの意識の底に外からはわからない「憂愁」があったのではないかという。丸山キヨ子『源氏物語の仏教』は『紫式部日記』のこの文章について、「日記のこの言葉の底を流れる思想も、五姓各別の思想に示唆された、救われ難い存在としての自覚に貫かれたものであろう」（三四四頁）と言い、紫式部には法相唯識の五姓各別の思想に基づく人間の深い罪障への認識があると論じる。

(20) 渕江文也『源氏物語の思想』昭和五八年、桜楓社。第四章「第二部」論註、一二五〜一二七頁。

(21) 阿部秋生『源氏物語研究序説』東京大学出版会、一九五九年。第二章の「叡山の思考」一五三〜一七五頁。第三章の「作者の仏教思想の系統」五三二〜五四六頁。

秋好中宮と仏教
――前斎宮の罪と物の怪・六条御息所について

湯浅幸代

はじめに

秋好《あきこのむ》中宮は、『源氏物語』の主人公・光源氏の恋人であった六条御息所の娘である。母の死後、源氏の養女として入内し、立后してからは「中宮《ちゆうぐう》」と呼ばれるが、それ以前は、「斎宮《さいくう》」、「前斎宮《さきのさいくう》」、「斎宮《さいくう》の女御《にようご》」といった呼称を持つ。特に、「斎宮の女御」は、同じくそう呼ばれた史上の徽子《きし》女王を髣髴とさせる呼び名である。

徽子女王は、娘・斎宮の伊勢下向に付き添った人物であるが、その点、六条御息所の準拠と見られ、徽子の斎宮女御としての前半生は、秋好中宮の造型に関わることが指摘されてきた。いわば、物語の母娘は、歴史上の一人物の生を分有するように描かれるのであり、そのこと自体、二人の一体的なあり方を示すが、娘が「斎宮」であったことと、六条御息所が「物の怪」

となってしまったことには、深い因果関係があるのではないだろうか。六条御息所は、斎宮として神に仕える娘とともに、仏教を忌避する生活を送っていたのである。
この論考では、斎宮の仏教忌避と、それに関わる罪意識を確認した上で、神事の最中、物の怪と化していく六条御息所のありようを、娘・斎宮（秋好中宮）との関係を軸に考察する。また、母の死後、中宮となった秋好が営む仏事を通し、最終的に母の鎮魂を果たす秋好中宮の内面の深化についても考えたい。

一　斎宮と仏教

斎宮とは、古代、伊勢神宮に奉仕した未婚の内親王（皇族の女子）、あるいはその居所を指し、天皇の即位の初めごとに選ばれ、三年の精進潔斎の後、伊勢に下向した。神に仕える斎宮が、仏教を忌避する生活を送っていたことは、『延喜式』の記述に知られる。

凡忌詞、内七言、佛稱二中子一、經稱二染紙一、塔稱二阿良良伎一、寺稱二瓦葺一、僧稱二髪長一、尼稱二女髪長一、齋稱二片膳一、外七言、死稱二奈保留一、病稱二夜須美一、哭稱二鹽垂一、血稱二阿世一、打稱レ撫、宍稱レ菌、墓稱レ壤、又別忌詞、堂稱二香燃一、優婆塞稱二角筈一、

〔凡そ忌詞《いみことば》、内の七言は、仏を中子《なかご》と称い、経を染紙《そめがみ》と称い、塔を阿良良伎《あららぎ》と称い、寺を瓦葺《かわらぶき》と称い、僧を髪長《かみなが》と称い、尼を女髪長《おんなかみなが》と称い、斎《とき》を片膳《かたしき》と称い、外の七言は、死を奈保留《なおる》と称い、病を夜須美《やすみ》と称い、哭《なく》を鹽垂《しおたれ》と称い、血を阿世《あせ》と称い、打《うつ》を撫《なず》と称い、宍《しし》を菌《くさびら》と称い、墓を壌《つちくれ》と称え。また別の忌詞に、堂を香燃《こりたき》と称い、優婆塞《うばそく》を角筈《つのはず》と称え。〕

（『延喜式』巻第五　神祇五　斎宮　訳注日本史料『延喜式上』集英社）

右記は、延暦二十三年（八〇四）、神祇官に提出された『皇太神宮儀式帳』にも見える忌詞である。傍線部は、それぞれ仏教に関する詞の言い換えを示している。また、「死」、「病」といったケガレに関する「外七言」は、賀茂の斎院にも見られるが、仏教に関する詞の言い換えは、斎宮にのみ存在し、強い仏教忌避を行っていたことが窺える。

物語では、娘の斎宮に付き添って伊勢に下向した六条御息所が、帰京後すぐに病を患い、「罪深き所に年経つるもいみじう思して、尼になりたまひぬ」（澪漂巻）と語られるが、斎宮が罪深い場所として認識されたのは、先述のような仏教との関係からであり[1]、病を得た後は、特に残りの寿命や往生への不安が出家を誘引したのであろう。また、六条御息所は、後に死霊となって現れた際、「斎宮におはしましころほひの御罪軽むべからむ功徳のことを、かならず

せさせたまへ。」─（若菜下巻）と、娘の斎宮時代の罪に言及し、中宮自ら功徳を積むよう訴えている。(2)

　このように、物語では、主に六条御息所を通じ、斎宮と仏教の問題が明らかとなるが、以下、参考として、史上の斎宮と仏教との関わりについて概観しておきたい。

　大來皇女。最初齋宮。以二神龜二年一奉二爲清（御）原天皇一建二立昌福寺一。字夏身。本在二伊賀國名張郡一。

（大来皇女《おおくのひめみこ》。最初の斎宮。神亀二年を以て、清《きよ》（御《み》）原天皇《はらてんのう》の奉為《おほみため》に昌福寺を建立す。字《あざな》は夏身《なつみ》。本《もと》は伊賀國《いがのくに》名張《なばり》郡に在《あ》り。）

（『薬師寺縁起』『大日本仏教全書』寺誌叢書第二、所収。括弧内は私に補入。以下も同じ。）

　右の『薬師寺縁起』の記述は、制度史における最初の斎宮・大来皇女が、神亀二年（七二五）に、父である天武天皇の供養のため、名張の地に昌福寺を建立したと伝えている。(3)この寺は、現在、夏見廃寺としてその遺構が知られるが、名張は、当時の斎宮が飛鳥浄御原宮から伊勢へ下向するルート上に位置し、この伝承は、大来皇女が斎宮であったことと関係していると見られる。

　次は、光仁朝の斎宮であった酒人内親王の薨伝である。

酒人内親王事行㆓萬燈会㆒事

天長六年八月丁卯、二品酒人内親王薨、廣仁天皇之皇女也、母贈吉野皇后也、容貌姝麗、柔質窈窕、幼配㆓斎宮㆒、年長而還、俄叙㆓三品㆒、桓武納㆓之掖庭㆒、寵幸方盛、生㆓皇子朝原内親王㆒、為性倨傲、情操不㆑修、天皇不㆑禁、任㆓其所㆑欲、婬行弥増、不㆑能㆓自制㆒、弘仁年中、優㆓其衰暮㆒、特授㆓二品㆒、常於㆓東大寺㆒、行㆓萬燈之会㆒、以為㆓身後之資㆒、緇徒普㆑之、薨時七十六

〔酒人内親王《さかひとないしんのう》の事　萬燈会《まんどうえ》を行う事

天長六年（八二九）八月丁卯《二十日》。二品酒人内親王薨《にほんさかひとないしんのうこう》ず。広仁天皇《こうにんてんのう》の皇女なり。母は贈吉野《ぞうよしの》皇后《こうごう》なり。容貌姝麗《ようぼうしゅれい》にして、柔質窈窕《じゅうしつようちょう》たり。幼にして斎宮に配せられ、年長じて還り、俄《にわ》かに三品《さんぼん》に叙せらる。桓武《かんむ》之を掖庭《えきてい》に納《い》れ、寵幸方《ちょうこうまさ》に盛《さか》んなり。皇子朝原内親王《あさはらないしんのう》を生む。為性倨傲《ひととなりきよごう》にして、情操修《じょうそうおさ》めず。天皇禁《いまし》めず、其の欲する所に任《まか》す。婬行弥《いんこういよい》よ増し、自制《じせい》する能《あた》はず。弘仁年中に、其の衰暮《すいぼ》を優《あつ》くして、特に二品を授《さず》く。常に東大寺に於《し》て、萬燈の会を行い、以て身後の資《たすけ》と為す。緇徒《しと》之を普《あまね》しとす。薨ずる時年七十六。〕

（『東大寺要録』一〇　酒人内親王薨伝『東大寺要録』全国書房、日本後紀逸文に同記事あり。）

酒人内親王は、斎宮を退下後、桓武妃となり寵愛を得るが、その性格は傲慢で、淫行もひどかったと伝えられる。しかし、後半生は、常に東大寺で「萬燈会」（万燈を供養し、懺悔・滅罪を祈願する法会）を催し、仏道に専心したようである。また、内親王は、空海に遺言状の作成を依頼しているが、そこに春日院での四十九日法要の記述がある。

為二酒人内公主一遺言　一首

吾告二式部卿、大蔵卿、安勅三箇親王一也。—略— 追福之斎、存日修了。若事不レ得レ已者、於二春日院一転二七七経一、周忌則東大寺。所有田宅林牧等類、班二-充三箇親王、及眷僧仁主一。自外随レ労、分二-給家司僕孺等一而已。亡姑告。

弘仁十四年正月廿日

〔酒人内公主の為の遺言　一首

吾《われ》、式部卿、大蔵卿、安勅《あと》の、三箇《みたり》の親王に告ぐ。—略— 追福の斎は存日に修し了《をは》んぬ。若《も》し事已《や》むことを得ずは、春日院に於て、七七の経を転ぜよ。周忌をば則ち東大寺にせよ。所有の田宅林牧等の類、三箇の親王、及び眷養の僧仁主とに班《わか》ち充《あ》つ。自外は労に随って、家司僕孺等に分ち給へのみ。亡姑告ぐ。

弘仁十四年（八二三）正月廿日〕

（『遍照發揮性靈集』巻第四、日本古典文学大系『三教指歸　性靈集』岩波書店、所収。表記は一部私に改めた。）

追善の法事は生前に行っているため、四十九日の法要はやむをえず行う場合の指示であるが、営む場所として指定される春日院は、酒人内親王が斎宮時代、潔斎を行った春日斎宮（野宮の前身）の近傍にある春日寺だと見られている。[4] 東大寺の萬燈会については、斎宮であった時の罪意識と直接関わるかは不明だが、死後の法要の場所として指定された春日寺の位置を見るかぎり、酒人内親王が斎宮時代の罪を気にしていた可能性が考えられる。

次は、朱雀朝の斎宮であった徽子女王が、近長谷寺《きんちようこくじ》に、真珠を施入したことを示す史料である。

白玉壱丸方
右玉、以二去天慶八年三月十五日一、徽子斎王被二施入一

〔白玉壱丸方
右玉、去る天慶八年（九四五）三月十五日を以て、徽子斎王施入せらる。〕

（『近長谷寺資財帳』天暦七年『多気町史　史料集』多気町史編纂委員会）

近長谷寺は、地元の豪族・飯高氏が中心となって建てられた地方寺院だが、寺の場所は伊勢斎宮の近くである。この他、同資財帳には、「前々斎宮寮大允百済永珍」や、「前々斎宮御許人」、「前々斎宮乳母橘高子并嶋人」が、土地や願文等をこの寺に納めている記述が見え、徽子周辺の人物までこの寺に布施をしているが、その時期は斎宮の在職中から退下後までと様々である。しかし、徽子女王に関しては、退下して二ヶ月後の布施であり、斎宮の任によって生じた罪を、少しでも早く滅しようとする意味があったのかもしれない。

このように、史上の斎宮には、退下後、自己や他者の来世を期して仏事を行い、寺院へ資材を施入したと見られる例がある。物語の斎宮も、そのような行動を、母・六条御息所から願われていたのではないだろうか。

二　「斎宮の女御」から「中宮」へ――徽子女王周辺の準拠

斎宮を退いた後、母を失った秋好は、光源氏の養女として冷泉後宮に入内し、しばらくは母の願う仏道とは無縁の華やかな世界に身を置く。この章では、改めて秋好中宮と六条御息所の関係性について論じるべく、二人の結節点となる徽子女王と、その周辺の準拠について確認しておきたい。(5)

徽子女王とは、醍醐天皇の第四皇子・重明親王の娘であり、母は藤原忠平の次女・寛子である。八歳の時、斎宮に選ばれ、母の死まで九年間、斎宮をつとめた(6)。その後、二十歳で村上天皇の後宮に入内し、女御となる。また、娘・規子内親王が、円融朝で斎宮に卜定された折、周囲の反対を押してともに伊勢へ下向した。この伊勢下向は、『源氏物語』が書かれた時代から、およそ二十年ほど前のことであり、六条御息所が娘の伊勢行に同行するくだりを読んだ読者は、この事例を容易に想起できたのではなかろうか。また、先述したように、物語の秋好中宮は、入内後「斎宮の女御」と呼ばれており、物語成立以前、同様に入内した斎宮は、平安初期の三人の内親王（井上内親王・酒人内親王・朝原内親王）と、徽子女王だけである。

次に、徽子女王周辺の準拠について見ておく。以下、夕顔巻の本文「六条わたりの御忍び歩きのころ」に関する『河海抄』の注釈である。

六条わたりの御しのひありきのころ

六条御息所秋好中宮母儀前坊御息所在所也　中将御息所貞信公女前坊御息所後に重明親王の北方になる此例歟　斎宮女御御母大臣女以下一同也　伊勢物語、昔左のおほいまうち君いまそかりけり、かもの河のほとりに六条わたりに家いとおもしろくつくりてすみ給けり

（『河海抄』「夕顔」玉上琢彌編『紫明抄河海抄』）

傍線部では、まず「六条わたり」について、秋好中宮母・前坊御息所である六条御息所の住処である事を述べた上で、光源氏との恋愛関係は、歴史上、貞信公（藤原忠平）の娘であり、前坊（醍醐天皇の東宮・保明親王）の御息所であった中将御息所が、後に重明親王の北の方となる例に拠ったものか、物語では六条御息所が斎宮女御の母であり、大臣の娘である点が一致する、と注している。『河海抄』の注釈は、『大鏡』「時平伝」の記述同様[7]、藤原忠平の長女貴子（保明親王妃・中将御息所）と次女寛子（重明親王北の方・徽子母）を混同してはいるが、この姉妹のあり方は、大臣の娘・前坊妃・斎宮女御母という点で、確かに、六条御息所とよく対応している。また、増田繁夫氏は、このような『河海抄』の注釈から、伊勢より戻った徽子母娘が、徽子の父・重明親王の本邸である六条院（河原院同様、元は源融所有）に住んだ可能性に言及し、夕顔巻から徽子女王の事跡が意識されていたことを指摘する[8]。六条御息所母娘の造型を考えるにあたっては、徽子女王周辺の準拠まで視野に入れる必要があろう。秋好中宮の存在は、斎宮に選ばれた時点で物語に呼び込まれ、最初から母・御息所とともに描かれているのである。

まことや、かの六条御息所の御腹の前坊の姫宮、斎宮にゐたまひにしかば、大将の御心ばへもいと頼もしげなきを、幼き御ありさまのうしろめたさにことつけて下りやしなまし、とかねてより思しけり。

（新編日本古典文学全集『源氏物語』二「葵」一八頁。以下、『源氏』の引用は同書。）

右記は、秋好中宮の存在が初めて物語に示される場面である。六条御息所は、幼い娘が斎宮として卜定されたことから、ともに伊勢へ下ることを思案するが、都を離れる真の理由は恋人・光源氏にあり、御息所は専ら母性よりも女の性がまさる人物として語られている。

このような物語の真実は、母娘の絆を示す美談として伝えられていたかもしれない、史上の徽子母娘の例をなぞるほど強調されるのではないだろうか。『河海抄』は、六条御息所の伊勢下向について、「親添ひて下りたまふ例もことになけれど」（賢木巻）と語られることに対し、史上の徽子母娘の例を挙げ、「延喜以後近代の事なれは、れいもことになけれと、いふ歟」と注するが、ここはわざと過去に例がないと述べることで、逆に徽子母娘の例を想起させる物語の手法であろう。この他、物語の斎宮の初斎院入りが度々延期となり、伊勢への下向日が徽子母娘と同じ九月十六日とされたり、徽子の『斎宮女御集』を典拠とする歌や表現が物語に多く指摘されるなど、徽子女王に関する出来事は、積極的に六条御息所母娘の物語に採り入れられている。(9)

奥村英司氏は、徽子女王の準拠について、斎宮を経験し女御になった前半生を娘・秋好に、また娘の斎宮に伴って伊勢に下向した晩年の事跡を母・六条御息所が受け持つとし、母娘が運命共同体とも言うべき密接な関係にありながら、対照的に造型されることを指摘している。[10] 生霊ともなった六条御息所の陰鬱な後半生と、中宮として時めく秋好の人生は、実に対照的だが、秋好の中宮としての栄華は、かつて東宮妃であった六条御息所の可能態としての人生であり、母の無念を晴らすものとして設定されていたとすれば、氏の言われる「娘の内なる母」という考え方も十分納得できる。しかし、六条御息所は死の間際、澪標巻において、「女は思ひの外にてもの思ひを添ふるものになむはべりければ、いかでさる方をもて離れて見たてまつらむと思うたまふる」（女というものは、思いもよらない物思いが加わるものなので、何とかして娘は色恋の憂き目とは縁のないものにしたいと思っている）と、当時、退下した大多数の斎宮同様、娘の「不婚」を遺言していた。ただし、後に死霊となって現れる六条御息所の言葉には、娘が中宮となったことを喜んでいる節があり、この点については、秋好の入内・立后が、六条御息所の霊を鎮魂する意があった、[11] またこのような「家」の発展が死霊を鎮めていた、[12] などの意見がある。

他にも、「前坊の姫宮」であり、「斎宮」であった秋好が、冷泉帝に正統性を付与する存在として認められたことが、[13] 秋好の入内・立后に至った理由として挙げられる。しかし、秋好は、自らの入内をどのように考えていたのだろうか。母を失った直後、秋好の様子については、次のように語られている。

はかなく過ぐる月日にそへて、いとどさびしく、心細きことのみまさるに、さぶらふ人々もやうやう散れゆきなどして、下つ方の京極わたりなれば、人げ遠く、山寺の入相の声々にそへても音泣きがちにてぞ過ぐしたまふ。同じき御親と聞こえし中にも、片時の間も立ち離れたてまつりたまはでならはしたてまつりたまひて、斎宮にも親添ひて下りたまふことは例なきことなるを、あながちに誘ひきこえたまひし御心に、限りある道にてはたぐひきこえたまはずなりにしを、干る世なう思し嘆きたり。

（『源氏物語』二「澪標」三一八頁）

傍線部には、秋好が特に母と密着した関係にあったこと、また自ら母に伊勢への同行を熱心に求めていたことなどが記されている。秋好は、六条御息所の同行を自身の要請に応じてくれた結果と考えており、源氏との関係に悩んだ末の下向であったとは知らないのではないだろうか。

秋好自身、色恋の憂き目とは無縁の生活を願われていたことに鑑みれば、周囲の情報操作があっても不思議はなく、またそのような環境で育っていれば、知らされたとしても理解することは難しかったであろう。母の経験が踏まえられた「娘不婚」の遺言も、伝えられなかった可能性が高い。

一方、六条御息所は、そのような環境に置かれた秋好の感情や罪をすべて引き受けるような形で描かれており、「物の怪」となることも、その延長線上にあるのではないだろうか。次章では、引き続き二人の関係性に注目しながら、神事の最中、「物の怪」と化していく六条御息所のありようを中心に検討していきたい。

三　神事と物の怪・六条御息所

六条御息所の死霊が、紫の上を仮死状態に至らしめた日については、次のように語られる。

督の君は、まして、なかなかなる心地のみまさりて、起き伏し明かし暮らしわびたまふ。祭の日などは、物見にあらそひ行く君達かき連れ来て言ひそそのかせど、なやましげにもてなして、ながめ臥したまへり。―略―　女房など物見にみな出でて人少なにのどやかなれば、うちながめて、箏の琴なつかしく弾きまさぐりておはするけはひも、さすがにあてになまめかしけれど、同じくは、いま一際及ばざりける宿世よと、なほおぼゆ。

もろかづら落葉をなににひろひけむ名は睦ましきかざしなれども

と書きすさびゐたる、いとなめげなる後言なりかし。

大殿の君は、まれまれ渡りたまひて、えふともたち帰りたまはず、静心なく思さるるに、「絶え入りたまひぬ」とて人参りたれば、さらに何ごとも思し分かれず、御心もくれて渡りたまふ。（『源氏物語』四「若菜下」二三二～二三三頁）

「絶え入りたまひぬ」という紫の上死去の報は、密通後、悶々とする柏木と葵祭に出かける人々とが対照的に描かれ、祭のかざしを題材とする歌が柏木によって詠まれた直後に記される。六条御息所の死霊は、賀茂神社の祭日に出現したのである。

藤本勝義氏は、葵祭の日の車争いを髣髴とさせ、かつての生霊同様、六条御息所が原因であることを示唆するとともに、古記録等の例から、神事の際、厳しく仏事が忌避されたことを指摘している。(14) また、このように立ち現れる「物の怪」は、恐らく仏典等が指し示す「魔」であり、加持祈禱の対象であったが、(15) それらが神域で発生することは注目される。物語の場合も、神域において仏事が忌まれていたことは、六条御息所の生霊出現時における周囲への配慮に確認できる。

①かかる御もの思ひの乱れに御心地なほ例ならずのみ思さるれば、他所に渡りたまひて御修法などせさせたまふ。大将殿聞きたまひて、いかなる御心地にかと、いとほしう思し起こして渡りたまへり。例ならぬ旅所なればいたう忍びたまふ。（『源氏物語』二「葵」三三頁）

②斎宮は、去年内裏に入りたまふべかりしを、さまざまさはることありて、この秋入りたまふ。九月には、やがて野宮に移ろひたまふべければ、二度の御祓へのいそぎとり重ねてあるべきに、ただあやしうほけほけしうて、つくづくと臥しなやみたまふを、宮人いみじき大事にて、御祈禱などさまざま仕うまつる。おどろおどろしきさまにはあらず、そこはかとなくて月日を過ぐしたまふ。

（『源氏物語』二「葵」三七頁）

①は、光源氏の正妻・葵の上の元に物の怪が出現した後、光源氏が六条御息所を訪問したことを示す記述である。傍線部のように、気分のすぐれない御息所への修法は、斎宮の居所であることを憚り、他所に移してから行われている。また、②では、斎宮の神事が進行する最中、御息所の病状が描かれ、斎宮の関係者が仏事を様々に取り計らったと記されている。「斎宮の母」である御息所が「病」を抱えていること自体、ケガレを嫌う神域では大変な事態であったはずである。場所を移して行われたかは定かでないが、恐らく神事に障りがない形で行われたのだろう。

また、斎宮が宮中での初斎院を終え、都の郊外に作られた野宮で潔斎に及んでいる最中、光源氏が野宮にいる六条御息所を訪れる場面がある。

ものはかなげなる小柴垣を大垣にて、板屋どもあたりあたりいとかりそめなり。黒木の鳥居どもは、さすがに神々しう見わたされて、わづらはしきけしきなるに、神官の者ども、ここかしこにうちしはぶきて、おのがどちものうち言ひたるけはひなども、ほかにはさま変りて見ゆ。―略―

「変らぬ色をしるべにてこそ、斎垣も越えはべりにけれ。さも心憂く」と聞こえたまへば

神垣はしるしの杉もなきものをいかにまがへて折れるさかきぞ

と聞こえたまへば、

少女子があたりと思へば榊葉の香をなつかしみとめてこそ折れ

おほかたのけはひわづらはしけれど、御簾ばかりはひき着て、長押におしかかりてゐたまへり。

（『源氏物語』二「賢木」八五～八八頁）

野宮に足を踏み入れる光源氏にとって、その神々しい風情は、傍線部のように、恋の忍び歩きがためらわれる様子として意識されている。また、波線部の「神の斎垣を越えてきた」という源氏の言葉や、「少女子」を詠みこむ歌など、まるで斎宮自身を相手にしているかのような禁忌の恋の様相を帯びる。このように、伊勢下向の日――光源氏との別れの日は次第に近づいていくが、その事を嘆き続ける母・六条御息所と、母の同行が定まるのを嬉しく思う娘・斎宮の姿は、対照的に描かれている。

旅の御装束よりはじめ人々のまで、何くれの御調度など、いかめしうめづらしきさまにてとぶらひきこえたまへど、何とも思されず、あはあはしう心うき名をのみ流して、あさましき身のありさまを、今はじめたらむやうに、ほど近くなるままに、起き臥し嘆きたまふ。斎宮は、若き御心に、不定なりつる御出立の、かく定まりゆくを、うれしとのみ思したり。

（『源氏物語』二「賢木」九〇・九一頁）

斎宮が母の苦悩を知らずにいることについては、「若き御心に」（若く無邪気な心であるため）と説明されるが、物語は母である六条御息所に、本来、斎宮自身が持って然るべき憂いや恋情を、あえて肩代わりさせているように思われる。また、それを可能とするのが、これまで確認してきた一体的な母子のあり方であって、仏教に対する斎垣の罪を全面的に請け負ったのも、母である御息所だったのではないだろうか。

母の死後、前斎宮の人柄が、六条御息所に似ていることなどは記されるが、その後も秋好自身の物思いや、斎宮でいたときの罪意識といったものは物語に描かれていない。しかし、冷泉帝の元に入内した後の心情は、朱雀院との贈答場面に見いだすことができる。

①いと恥づかしけれど、いにしへ思し出づるに、いとなまめききよらにて、いみじう泣きたまひし御さまを、そこはかとなくあはれと見たてまつりたまひし御幼心もただ今のこと

とおぼゆるに、故御息所の御事など、かきつらねあはれに思されて、

（『源氏物語』二「絵合」三七一・三七二頁）

②御消息はただ言葉にて、院の殿上にさぶらふ左近中将を御使にてあり。かの大極殿の御輿寄せたる所の神々しきに、

身こそかくしめのほかなれそのかみの心の内を忘れしもせず

とのみあり。聞こえたまはざらむもいとかたじけなければ、苦しう思しながら、昔の御髪ざしの端をいささか折りて、

しめの内は昔にあらぬ心地して神代のことも今ぞ恋しき

とて、縹の唐の紙に包みて参らせたまふ。御使の禄など、いとなまめかし。

（『源氏物語』二「絵合」三八四・三八五頁）

①は、斎宮女御が、朱雀院からの贈歌により、自分が斎宮として朱雀と対面した折を思い出し、亡くなった母・六条御息所にも思いを馳せる場面である。また、②では、朱雀院が斎宮女御に絵を贈り、さらに歌の贈答が行われるが、斎宮が返歌に添えた「櫛」や、それを「縹《はなだ》の唐の紙」に包んだ行為が、『長恨歌』の世界を引き寄せ、女御の強い朱雀院思慕を窺わせるといった指摘がなされている。(16) しかし、川名淳子氏によれば、朱雀帝時代を想起させる女御の

「斎宮」としての過去は、光源氏世界の中で完全に取り除かれてしまうという。(17)また、女御の歌は、現在の宮中での生活を、斎宮の潔斎時に過ごした時分と比べ、昔が恋しいと詠じており、朱雀院への思慕と同時に、少女時代とは異なる心穏やかでない生活を窺わせる。ただし、光源氏の栄華が語られる中にあって、朱雀の治世や六条御息所の影を引きずる「斎宮」の存在は、物語の奥底に沈められるのである。

四　秋好中宮の仏事

冷泉帝の后となり、「中宮」と呼ばれるようになってからの秋好は、専ら光源氏世界の栄華に寄与する存在として物語に描かれる。ここで、中宮主催の仏事が語られることについて注目してみたい。

今日は、中宮の御読経のはじめなりけり。やがてまかでたまはで、休み所とりつつ、日の御装ひにかへたまふ人々も多かり。障りあるはまかでなどもしたまふ。午の刻ばかりに、みなあなたに参りたまふ。大臣の君をはじめたてまつりて、みな着きわたりたまふ。殿上人なども残るなく参る。多くは大臣の御勢ひにもてなされたまひて、やむごとなくいつくしき御ありさまなり。

（『源氏物語』三「胡蝶」一七一頁）

前記は、秋好中宮が主催する季御読経についての記述である。「季御読経」とは、本来、春秋二回、宮中で百人の僧侶に「大般若経」及び「仁王経」を転読させ、天皇の安寧と国家の安泰を祈る天皇主催の仏事を指す[18]。また、中宮の季御読経は、東宮のまま早世した保明親王、また朱雀・村上両天皇の母である藤原穏子より始まり、円融天皇の后であった遵子が盛んに行った後は、彰子、妍子等、道長の娘たちによって引き継がれる。

物語の季御読経は、中宮の里邸である六条院において、殿上人たちが前日の私宴から引き続き残らずこの仏事に参加したと語られ、その装束は「日の御装ひ」（正装の衣冠束帯）とあることから、この仏事が中宮主催の公的行事として認識されていたことを示している。

一方、次は円融朝の太政大臣・藤原頼忠の娘・中宮遵子の季御読経についての記述である。

十三日、癸酉、参内、今日中宮(藤原遵子)御読経始、先彼(被)レ奏下僧侶可レ入二陣中一之由上、即召二左右近・左右兵衛官人等一、仰二可レ令レ入レ僧之状一、巳時発願、其儀、於二弘徽殿東廂一被レ行也、僧綱三人凡僧十七人、大夫(藤原済時)参入、他公卿称レ障不レ集、藤宰(佐理)相事了参入、公卿殿上人座在二常寧殿南廂馬道西一、大夫不レ着出、入夜下官退出、

（十三日、癸酉、参内す。今日、中宮（藤原遵子）御読経始《はじめ》。先《ま》づ、僧侶陣中に入るべ

きの由を奏せらる。即ち左右近・左右兵衛官人等を召す。僧をして入らしむべきの状を仰す。巳《み》の時発願す。其の儀、弘徽殿東廂に於て行はるなり。僧綱三人、凡僧十七人、大夫（藤原済時）参入す。他の公卿、障《さは》りと称して集はず。藤宰相（佐理）、事了《をは》りて参入す。公卿殿上人の座、常寧殿南廂馬道西に在り。大夫着さずして出づ。入夜、下官退出す。」

（『小右記』「天元五年（九九一）六月十三日条」大日本古記録）

傍線部には、「他の公卿、障りと稱して集はず。」とあり、仏事に参加しない公卿が多くいたことが窺える。これらの公卿たちは、遵子主催の季御読経を重要な行事として認識していなかったか、あるいは円融天皇の皇子を擁する詮子（父・藤原兼家）側に配慮したと考えられる。『大鏡』では、御子を持たないことから、詮子側の女房に「素腹の后」と揶揄される遵子だが、立后後まもなく行われたこの季御読経は、その正統性を主張する意図があったと指摘されている。(19) 秋好中宮の季御読経は、前日の私宴、六条院での開催、太政大臣・光源氏の列席、といった諸々の要素によって、その参加者を強力に募り、中宮と光源氏の勢力を実質的に知らしめる行事となった。また、物語の季御読経では、さらに紫の上方が遣わした童舞、及び供花の様子が華やかに描かれている。

春の上の御心ざしに、仏に花奉らせたまふ。鳥、蝶にさうぞき分けたる童べ八人、容貌などことにととのへさせたまひて、鳥には、銀の花瓶に桜をさし、蝶は、黄金の瓶に山吹を、同じき花の房いかめしう、世になきにほひを尽させたまへり。南の御前の山際より漕ぎ出でて、御前に出づるほど、風吹きて、瓶の桜すこしうち散り紛ふ。いとうららかに晴れて、霞の間より立ち出でたるは、いとあはれになまめきて見ゆ。わざと平張なども移されず、御前に渡れる廊を、楽屋のさまにして、仮に胡床どもを召したり。童べども御階のもとに寄りて、花ども奉る。行香の人々取りつぎて、閼伽に加へさせたまふ。御消息、殿の中将の君して聞こえたまへり。

（『源氏物語』三「胡蝶」一七一・一七二頁）

このような鳥と蝶に扮する童の舞とそれに引き続く供花は、寺院の法会等でも見られるが、「舟」が漕ぎ出でる様や「童べ八人」とある記述など、特に傍線部分が、『御堂関白記』に記される道長の「法華八講」の様子とよく似ている。[20] しかし、物語では、仏に供える花の受取り手が、殿上人で構成された「行香」役だが、実際の法会では、僧侶がつとめるといった違いもある。元々、秋好中宮の季御読経では、行事の中心となる読経描写がなく、加えて行われた仏事にも僧侶の姿が描かれていない。

甲斐稔氏は、中宮彰子の季御読経や道長が催した法会等の検討から、物語の季御読経に、光源氏の権勢示威・執政権の正統性の宣揚といった政治的意図を読み取っている。[21] 六条院の栄華を示す行事としてこの仏事を語る場合、読経や僧侶の姿はふさわしくなかったのだろう。しかし、この中宮季御読経の歴史的背景――母・穏子の御読経が前坊・保明親王に関わると見られること、また「素腹の后」と呼ばれた遵子が御読経を盛んに行っていることなどを踏まえるならば、秋好自身の願いとして、父前坊の供養と自身の皇子誕生とが願われていた可能性がある。[22] 元々、中宮主催の仏事は、斎宮時代の罪を滅し、自らの功徳となることが願われていたはずである。しかし、そのような仏事は、華やかな六条院世界においては不要なものであった。

その後、秋好中宮は、光源氏四十賀のための布施や読経を行うが、亡くなった父母のことを思い返し、その志をも加えて盛大に催そうとしたことが語られる。六条院の栄華の中にあっても、秋好中宮の心中には、常に両親の存在があった。しかし、六条御息所の死霊と対話した光源氏は、秋好中宮の世話をすることさえ憂鬱になっており、源氏の中でも、中宮と御息所とは一体的に意識されていた。

一方、中宮は、母・御息所が死霊となって苦しんでいることを噂で知り、母の供養を行うべく出家する意思を源氏に示す。

御息所の、御身の苦しうなりたまふらむありさま、いかなる煙の中に惑ひたまふらむ、亡き影にても、人に疎まれたてまつりたまふ御名告りなどの出で来けること、かの院にはいみじう隠したまひけるを、おのづから、人の口さがなくて伝へ聞こし召しける後、いとかなしういみじくて、なべての世の厭はしく思しなりて、仮にても、かののたまひけむありさまの、くはしう聞かまほしきを、まほにはえうち出できこえたまはで、ただ、「亡き人の御ありさまの罪軽からぬさまにほの聞くことの侍りしを、さるしるしあらはならでも推し量り伝へつべきことに侍りけれど、後れしほどのあはればかりを忘れぬことにて、物のあなた思うたまへやらざりけるがものはかなさを、いかで、よう言ひ聞かせむ人の勧めをも聞きはべりて、みづからだに、かの炎をも冷ましはべりにしかなと、やうやう積もるになむ、思ひ知らるることもありける」など、かすめつつぞのたまふ。

（『源氏物語』四「鈴虫」三八八・三八九頁）

傍線部「いかなる煙の中に惑ひたまふらむ」という疑問は、六条御息所が苦しむ理由について、中宮は定かに把握していない感もあるが、とにかく母が抱えている「罪」が重いものであり、憎悪の炎に苦しんでいる事を認識している。それは、宮中での生活を経て、世の物思いを知った今の秋好だからこそ理解できる母の苦しみでもあったろう。このとき、出家については源氏に制止されるが、母の追善供養は明確な形で営まれ、その結果、中宮自身「いとど心深う世の中を思し取れるさまになりまさりたまふ」（たいそう世の中の無常を悟る気持ちが深まった）と語られている。また、この後、物の怪が現れないまま、紫の上が死去したとあり、六条御息所の死霊は、以後、物語から姿を消している。まさに、秋好中宮の供養によって、六条御息所の死霊が鎮められたと考えてよいだろう。

また、中宮は、継母・紫の上を追悼する場面において、唯一、光源氏と悲しみを分かち合うことのできる風情と情感とを兼ね備えた人物として、物語に登場する。

冷泉院の后の宮よりも、あはれなる御消息絶えず、尽きせぬことども聞こえたまひて、「枯れはつる野辺をうしとや亡き人の秋に心をとどめざりけん今なんことわり知られはべりぬる」とありけるを、ものおぼえぬ御心にも、うち返し、置きがたく見たまふ。言ふかひありをかしからむ方の慰めには、この宮ばかりこそおはしけれと、いささかのもの紛るるやうに思しつづくるにも涙のこぼるるを、袖の暇なく、え書きやりたまはず。

（『源氏物語』四「御法」五一七頁）

秋好中宮は、薄雲巻において、光源氏から、春と秋、どちらの季節が好きかと尋ねられ、「母が亡くなった秋」を選んでいた。中宮にとって、母・御息所の存在は大きく、この時点で「秋」は母と同様に親しむべきものとして捉えられていた。中宮が、わざわざ野辺を探して松虫を捕らえさせ、六条院の庭に放したというエピソードが鈴虫巻に語られるが、中宮が実際に野辺の松虫の声を聞いていたのは、六条御息所とともに野宮で潔斎していた斎宮時代であり、中宮は、かつて母と過ごした秋の情景を六条院に再現したかったのだと思われる(23)。しかし、捕らえた松虫が長く生きられなかったことに象徴されるように、少女時代の幸福な過去を取り戻すすべはなく、自分が知っていた母も、実像とは異なっていたことを知った時、中宮の秋に対する想いは変化する。中宮は、紫の上を失って悲嘆に暮れる光源氏への弔問として、傍線部のように、「春を好んだ紫の上が、枯れ果てた野を憂い、秋を厭っていた理由が、今なら私にもよくわかります」と、故人の嗜好に添った形でその死を悼む。春を好んだ紫の上を追悼する場面とはいえ、親しい人を喪失した悲しみと、枯れ果てる秋の風情が一致したものとして捉えられた点は、これまで中宮が抱いていた秋のイメージに、より深みが加わったと言えるのではないだろうか。それは、母・御息所の苦しみを知り、その追善供養のため、自ら出家まで願った中宮自身の変化に起因している。

結び

以上、先に斎宮の仏教忌避とそれによる罪意識を確認した上で、六条御息所母娘の一体的なあり方を徽子女王とその周辺の準拠から確認し、神事の最中、娘・斎宮に代わって罪を引き受け物の怪と化していく六条御息所のありようを検討した。(24) また、斎宮として物語に登場した秋好中宮が、母の苦悩を知り、明確な追善供養を営むことで、その霊を鎮め、己の内面をも深めていくさまを考察してきた。秋好中宮と仏教との関係は、両親を媒介としながらも、華やかな光源氏世界の中で、その内実を封じ込められていた。しかし、その栄華に翳りが見え、底に沈められていた「魔」(六条御息所の死霊)が吹き出したとき、そのあり方も変化する。母の苦しみを知ること――いわば中宮の「人」としての悟りが、真に御息所の魂を鎮めることのできる仏道へと、その中身を深化させたのである。

『源氏物語』には、出家した女性が多く登場するが、その理由は、主に現世の苦しみや来世への不安から逃れるためのものであり、宇治十帖に至るまでは、特に仏道と内面の深化とが結びつくようには描かれていない。しかし、秋好中宮においては、出家は遂げないまでも、その営む仏事と内面の深化とが、大いに結びついていると思われる。仏教の悟りと、人としての悟りと、そのようなことがテーマとなるのは、主に宇治十帖からであるが、強い仏教色が指摘される鈴虫・御法巻においては、後のテーマへの布石が、秋好中宮の変化によって示されているのである。

注

（1）物語では、朝顔の斎院も、「年ごろ沈みつる罪失ふばかり御行ひを」（朝顔巻）と、神に仕えていた間の罪を滅するべく、仏道を行おうと思う様子が描かれる。

（2）神に仕える斎王が罪意識を持ち、仏の功徳を積もうとする問題は、奈良時代より、神々（気比神や多度神）が自らを「罪深い身」であると語り、読経や神宮寺の建立を託宣する話と通じていよう。参考・義江彰夫『神仏習合』（岩波新書、一九九六年）

（3）ただし、同じ『薬師寺縁起』の「託基皇女」（大来皇女の異母姉妹）の条にも、神亀二年、天武天皇のため、「伊賀國河津群」に「観音寺」を建立したとする記事があり、混乱が窺えるが、「最初斎宮」が「名張」の地に寺院を建立するという伝承が記された背景に留意したい。

（4）竹内亮「春日寺考」（大和を歩く会編『シリーズ歩く大和Ⅰ古代中世史の探究』法藏館、二〇〇七年）。この春日寺についての論考他、史上の斎宮と仏教に関する資料については、皇學館大学史料編纂所の遠藤慶太氏から教示を得た。

（5）秋好中宮と史実については、田中隆昭「秋好中宮における史実」（『源氏物語　歴史と虚構』勉誠社、一九九三年）等参照。

（6）徽子女王については、山中智恵子『斎宮女御徽子女王』（大和書房、一九七六年）がある。また、史上の斎宮ついては、山中智恵子『斎宮志』（大和書房、一九八〇年）、『続斎宮志』（砂子屋書房、一九九二年）、榎村寛之『伊勢斎宮と斎王』（塙書房、二〇〇四年）、『律令天皇制祭祀の研究』（塙書房、一九九六年）、斎宮と文学の関係については、所京子『斎王の歴史と文学』（国書刊行会、二〇〇〇年）、『斎王和歌文学の史的研究』（国書刊行会、一九八九年）がある。
（7）『大鏡』時平伝には、「中将の御息所と聞こえし、後は重明親王の北の方にて、斎宮女御の御母にて、そもうせたまひにき」とある。
（8）増田繁夫「六条御息所の准拠―夕顔巻から葵巻へ―」（『源氏物語の人物と構造』中古文学研究会編、笠間書院、一九八二年）
（9）史実に関しては、注（5）の田中論文等。和歌表現に関しては森本元子「斎宮女御と源氏物語」（『むらさき』十一、一九七三年六月）等がある。
（10）奥村英司「娘の内なる母―秋好中宮造形論―」（『むらさき』二八、一九九一年十二月）
（11）藤井貞和『源氏物語の始原と現在』定本（冬樹社、一九八〇年）
（12）日向一雅「恨みと鎮魂―源氏物語への一視点―」（『源氏物語の主題―「家」の遺志と宿世の物語の構造』桜楓社、一九八三年）
（13）吉野瑞恵「光源氏の皇統形成―前坊の娘・秋好入内の意味」（『ことばが拓く古代文学史』笠間書院、一九九九年）、辻和良「秋好中宮について―冷泉帝、正統化への模索」（『論叢源氏物語2　歴史との往還』王朝物語研究会編、新典社、二〇〇〇年）等。
（14）藤本勝義「六条御息所の死霊―賀茂祭、鎮魂―」（『源氏物語の〈物の怪〉』笠間書院、一九九四年。初出、一九九一年）。また、小嶋菜温子「女三宮・柏木から六条御息所へ―神の罪そして異化の言説」（『源氏物語批評』有精堂、一九九五年。初出一九九三年）も、六条御息所の罪を神域に関わった者の罪とし、仏教はその価値転換の契機にあり、御息所の物の怪は、根源的にタタリ神の系譜に連なるとする。また、久富木原玲「斎宮の母・六条御息所―源氏物語における伊勢神宮の磁力」（『源氏物語　歌と呪性』若草書房、一九九七年。初出一九九三年）は、六条御息所の巫女的な側面から、物の怪化を説明する。

（15）中哲裕「源氏物語の「物の怪」と「降魔」」（藤本勝義編『王朝文学と仏教・神道・陰陽道』竹林舎　二〇〇七年）は、『過去現在因果経』や『大智度論』、『摩訶止観』といった経典に、修法によって降伏すべき「魔」の存在が記されていることを指摘する。

（16）栗原元子「斎宮女御の「櫛」―朱雀院との関わりにおけるその機能について」（『源氏物語の鑑賞と基礎知識』二〇、二〇〇二年一月）

（17）川名淳子「秋好中宮について―澪標巻・鈴虫巻を中心に―」（『中古文学』三七、一九八六年六月）

（18）倉林正次「季御読経考」（『饗宴の研究―歳事・索引編』桜楓社）

（19）甲斐稔「胡蝶巻の季の御読経」（『中古文学』三八、一九八六年十一月）

（20）『御堂関白記』「法華八講／寛弘元年（一〇〇四）五月二十一日条」等。道長主催の法会との類似は、久保重「源氏物語胡蝶の巻　中宮御読経の条私註」（『樟蔭国文学』七、一九七〇年三月）が指摘。

（21）注19に同じ。

（22）湯浅幸代「秋好中宮の「季御読経」―史上の「中宮季御読経」例、再考」（明治大学大学院『文学研究論集』二三、二〇〇五年九月）

（23）鈴虫巻における秋好中宮と六条御息所に注目した論として、戸松綾「秋好中宮考―鈴虫巻における六条御息所死霊との邂逅―」(『王朝文学研究誌』一三、二〇〇二年三月)、藤井由紀子「『源氏物語』鈴虫巻の六条院―六条御息所の鎮魂を視座として」(『中古文学』六六、二〇〇〇年十二月)等がある。

(24) 六条御息所が物の怪化する原因として、今回検討した斎垣の罪の他、葵の上を死に至らしめ、秋好中宮に人と争ったり相手を恨んだりするなと戒めたような愛欲にまつわる罪が考えられるが、それについては後考を期したい。

(付記) 本稿は日本学術振興会科学研究費補助金(特別研究員奨励費)の成果の一部である。

橋姫巻の後半を読む

三角洋一

はじめに

私は、明治大学古代学研究所シンポジウム「『源氏物語』と仏教」の発表要旨に次のように書いた。

『源氏物語』の仏教的側面を明らかにすることで、物語の世界やそこに宿る思想に迫りたい。その手がかりの多くは古注釈の指摘にあるが、古注釈には中世における同時代的な理解も混在している。これを腑分けするためには、中世までの仏教史についての知識が必要となろう。ごく簡略に展望してみる。

次に、『源氏物語』と同時代の社会思潮はどのようであったかが問題となる。歴史学の成果を利用するのはもちろんであるが、まずは当代の漢文日記や後代の歴史物語の活用が考えられよう。意外なことに、小稿「出家談と悲恋遁世談」と、『拾遺集』哀傷部の中でも藤原公任のかかわる和歌が、無常観の時代的な蔓延と出家志向をよく伝えていることに気づいた。薫の人物像を造型した背景について指摘する。

具体的事例として、宇治十帖の発端となる橋姫巻の後半を取り上げることにする。前半についてはすでに小稿「『源氏物語』の仏教的解釈」を発表しており、そのつづきであるとともに、もし可能ならば逐条的解釈を越えて、人物ごとに整理したいが、時間的に無理かもしれない。

研究史にかかわること、大まかな見通し、具体的な読みと、三つのことをお話ししようと考えたのであるが、当日は時間切れで尻切れトンボになってしまい、申し訳なく思っている。ここではその不備を補うことにして、研究史と仏教史のことは省略するが、これから、時代思潮と薫の人物造型をめぐる問題についてささやかな提案をしたのち、橋姫巻の後半を仏教的な側面から読みすすめていくことにしたい。

一　薫的人物像の背景

若者の出家の時代、出家談の盛行

宇治十帖の主人公と見てよい薫の人物像をめぐっては、道心と恋の間で揺れ動く実直な主人公像の創出ということで、時代社会的にも思潮的にも一一世紀初頭の王朝都市貴族の精神状況に見合うものとしてすでに定説となっているところである。はじめに、このことを私の手持ちの資料によって二方面から確認しておくことにしよう。

一つは、一〇世紀後半のことであるが、史実として、また説話により伝えられるかたちで、若者の出家がすくなくなかったことが知られるのである。次に掲げる年表は、小稿「出家談と悲恋遁世談」(『王朝物語の展開』若草書房、平成12年。初出、平成3年)に載せたものにかなり補訂を加えたものである。

八四九　宗貞(遍昭)35歳(大和物語一六八段)
九〇〇　宇多院34歳(大和二段、大鏡・宇多天皇)
九六一　高光23歳(多武峰少将、大鏡・師輔)
※九七四　前少将挙賢22歳・後少将義孝21歳(大鏡・伊尹)
九八〇頃　時叙19歳(拾遺往生伝・中、今鏡・藤波の中・苔の衣、古今著聞集・釈教)
九八六　保胤(寂心)50～60歳台?(続本朝往生伝、発心集・二)
花山院19歳(大鏡・伊尹)
義懐30歳・惟成46歳(大鏡・伊尹、今鏡・苔の衣)、のち義懐男成房も
九八八　定基(寂昭)27歳?(続本朝往生伝、発心集・二)

九九六※　疫病の流行
九九九　統理（今鏡・昔語り・真の道、発心集・五）
一〇〇一　照中将成信23歳・光少将重家25歳（今鏡・苔の衣、発心集・五）
一〇一二　顕信19歳（栄花物語・日蔭の蔓、大鏡・道長）
一〇二六※　公任61歳（栄花・衣の珠）
一〇三六　顕基37歳（栄花・着るは侘しと嘆く女房、今鏡・皇の上・望月、発心集・五）
一一六五　雅教53歳・公房24歳父子（今鏡・苔の衣）

天皇の出家――宇多院、花山院
二君に仕えず――遍昭、義懐、惟成、顕基、公房
女の死――花山院、定基
妻子や妾に心を残す――高光、統理
若年――高光、時叙、花山院、定基、成信、重家、顕信、公房

※印は参考のつもりで付加したもので、挙賢・義孝は夭逝である。また、『今鏡』の説話を活用したため、時代が一二世紀まで下った。
若年の出家者の説話が藤原高光以下、成信・重家のあたりまで連らなっていて、後世に語り継がれたことは歴然としており、愛する女の死をきっかけとする話、出家後も妻子や妾に心を

残す話など、哀れを誘う説話に事欠かない。たとえば大江定基の説話がいつ、だれによって作られたかなど、宇治十帖との先後関係や流布の状況が不明なものもあるので、安易な発言をするわけにはいかないが、それでも薫の造型を考えるときには藤原高光、大江定基、藤原統理らの出家説話を参照しておくことが、読みを定めていくうえで有効であろうと思っている。

藤原公任の憂愁

二つめには、個人の内面において人間の無常や道心ということを深く考えた人物の一例として、藤原公任（九六六〜一〇四一）の名が容易に挙げられることである。しかもその公任は――あるいは公任に限らず、時代の思潮になっていたということまでかいま見ることができるかもしれないが、――前掲の年表に登場する少なからぬ人物の出家に感慨を催していたのである。『拾遺和歌集』（新日本古典文学大系）哀傷の部を見てみよう。公任のかかわる贈答歌としては、

① 昔見侍りし人々多く亡くなりたることを嘆くを見侍りて　藤原為頼
世の中にあらましかばと思ふ人なきが多くもなりにけるかな（一二九九）
返し　右衛門督公任

② 常ならぬ世は憂き身こそ悲しけれその数にだに入らじと思へば（一三〇〇）

成信、重家ら出家し侍りける頃、左大弁行成がもとに言ひ遣はしける

右衛門督公任

③ 思ひ知る人もありける世の中をいつをいつとて過ぐすなるらん（一三三五）

少納言藤原統理に年頃契ること侍りけるを、志賀にて出家し侍ると聞きて、言ひ遣はしける

④ さざなみや志賀の浦風いかばかり心の内の涼しかるらん（一三三六）

がある。このうち、公任自身の撰になる『拾遺抄』には①②が載り、①はこれまた公任撰の『和漢朗詠集』（新潮日本古典集成）懐旧・七四九にも選ばれている。③④は『集』による選歌であること、年表に載る成信・重信と統理の出家にかかわる歌であることが注目される。『集』にはこのほか、

法師にならむとて出でける時に、家に書き付けて侍りける

慶滋保胤

⑤ 憂き世をばそむかば今日もそむかきなん明日もありとは頼むべき身か（一三三〇）

法師にならんとしける頃、雪の降りければ、畳紙に

書き置きて侍りける　　　　　　　　　　　藤原高光

⑥　世の中にふるぞはかなき白雪のかつは消えぬるものと知る知る　　　　　　（一三三二）

と、保胤・高光の歌もあって、⑤⑥ともすでに公任の『抄』に収められていた。というわけで、前掲の年表は『大和物語』を除けば、後代の歴史物語、仏教説話集から拾い集めた例の集積であるが、年表と『拾遺集』哀傷部を照合することにより、一条朝のころの厭世の風潮はもちろん、貴族知識人であった藤原公任の内面まで浮かび上がってくると思うのである。今のところ私には公任の人物論にまで踏みこむ準備もないので、これで打ち切りにするが、いずれ小町谷照彦『藤原公任』（王朝の歌人・第七巻、集英社、昭和60年）を読みこんで再考するつもりであり、ここでは薫論の周辺という程度にとどめておきたい。

二　八の宮の思念

橋姫巻の後半

さて、以下は小稿「源氏物語の仏教的解釈――橋姫巻の前半を読む」（伊井春樹監修・三角編集『講座源氏物語研究・第四巻・鎌倉・室町時代の源氏物語』おうふう、平成19年）を承けた続稿ということになる。前稿では、宇治の八の宮という新しい登場人物をその経歴にさかのぼって紹介する語り進めにしたがって、物語の展開していく順に注釈的に読み解いていったが、いよいよ薫の道心と恋の物語の始まる後半については、人物ごとにまとめて考察していくほうが適当であると思う。物語の進行に注意を払わないわけではないが、人物ごとの思念というか、それぞれが仏教をよりどころとして何を思いめぐらしているのかを見ていくことにしたい。

なお、引用のテキストは新編日本古典文学全集『源氏物語⑤』であるが、私に送り仮名を余分に付すなど、改めたところがある。他のテキストからの引用も同様である。

三年ばかりになりぬ

橋姫巻の物語は、八の宮が宇治山の阿闍梨に師事することを語るあたりから始動して、八の宮家の説明から挿話的な場面描写のほうに転じていくが、宇治の物語が本格的に動き出すのは、やはり次の「秋の末つ方」から以降である。

……この君（薫）も、まづさるべきことにつけつつ、をかしきやうにもまめやかなるさまにも心寄せつかうまつりたまふこと、三年ばかりになりぬ。

秋の末つ方、四季にあててしたまふ御念仏を、この川面は網代の波もこのごろはいとど

耳かしがましく静かならぬをとて、かの阿闍梨の住む寺の堂に移ろひたまひて、七日のほど行ひたまふ。（一三五頁）

薫が八の宮のもとに法文を学びに通うようになって、足掛け三年になったという。新年立では薫二十歳から二十二歳までに当たるわけであるが、この三年という数字には、文字どおり法文の学習と八の宮家への心寄せの期間が示されているのはもちろん、なおさらに薫の恋と道心のうち、恋心をにおわせる含意もあるのではないかと思われる。薫は八の宮が留守であると知り、結果的に大君と中の君の姉妹をかいま見たのち、姫君たちに直接応対してくれるよう求めた。はるばる熱心に三年間も法文を習いに来ているのだから、八の宮が不在なら、宮の代わりに姫君が応接すべきであるという理屈を押し通すのであるが、このような言い掛かりはもともと恋愛の場面で、恋する男が女を言いなびかせるためには三年にわたって誠意を示しつづけなければならず、女は男の求婚に対する返事を三年間待たせることができるという風習があった、それを応用したものなのであろう。詳しくは小稿「みとせの懸想——とはずがたり覚書」（『高知大学学術研究報告』第二六巻・人文科学・第二号、昭和52年10月）を参照されたい。

四季にあててしたまふ御念仏

さて、八の宮の留守のわけというのは、「秋の末つ方、四季にあててしたまふ御念仏」のため、宇治山の「阿闍梨の住む寺の堂に移ろ」い、「七日のほど行ひたまふ」からであった。『細流抄』（伊井春樹編『内閣文庫本細流抄』桜楓社）に、

八月也。四季に七日づゝの念仏也。

とある。新大系、新編全集では文字通り九月のこととしており、いちおうそれでよいと思うが、「八月」と見なすのにもそれなりの意味がある。毎年二月、五月、八月、十一月を目安に行なっている御念仏を、今回は九月にずれこんで執り行なったと考えてみたい。二月、八月には彼岸があり、有職故実書『簾中抄』（冷泉家時雨亭叢書『簾中抄・中世事典・年代記』朝日新聞社）下・仏事によれば、

二、八月彼岸　日夜ひとしき時也。諸仏の浄土に到らんと思はん者は、二、八月、八王堯会の時、斎食法を修すべし…此の時功徳を作れば、所願成就す。凡そ万事あひ叶ひて、滅失せず。

とあり、一年のうちでも特別な吉日の期間とされていたのである（秋山虔編『王朝語辞典』東京大学出版会、平成12年。小稿「彼岸」の項を参照）。

「念仏」は、天台の典型的な勤行の「朝法華、夕阿弥陀」の夕阿弥陀（例時作法）とは別の勤行で、『往生要集』（石田瑞麿訳注『往生要集』上・下、岩波文庫。原漢文は同氏校注『源信』日本思想大系、岩波書店）大文六・別時念仏に説かれる尋常の別行をいう。

尋常の別行とは、日々の行法に於いて常に勇進することあたはず。故に、応さに時ありて別時の行を修すべし。或いは一二三日乃至七日、或いは十日乃至九十日、楽ひの随にこれを修せよ。（尋常別行者、於日日行法、不能常勇進、故応有時修別時行、或一二三日乃至七日、或十日乃至九十日、随楽修之）

とあり、以下、そのよりどころと方法が示されるが、七日の念仏を特に勧めているといってよい。源信の略抄する善導『観念阿弥陀仏相海三昧功徳法門（観念法門）』によれば、

……行者等、自ら家業の軽重を量り、この時の中に於いて浄行の道に入れ。もしは一日乃至七日、尽ごとく浄衣を須ゐ、鞋靺もまた新浄なるを須ゐよ。七日の中は、皆すべからく一食長斎し、耎餅、麁飯、随時の醤菜は、倹素節量すべし。道場の中に於いて、昼夜に心を束め、相続して専ら阿弥陀仏を念ぜよ。心と声と相続して、ただ坐し、ただ立ち、七日の内、睡眠することを得ざれ。また時に依りて礼仏、誦経すべからず、数珠もまた捉る

べからず。ただ合掌して仏を念ずと知り、念々に見仏の想を作せ。

（……行者等、自量家業軽重、於此時中、入浄行道、若一日乃至七日、尽須浄衣、鞋韈亦須　信浄、七日之中、皆須一食長斎、耎餅麁飯随時醤菜倹素節量、於道場中、昼夜束心、相続専念阿弥陀仏。心与声相続、唯坐唯立、七日之内、不得睡眠、亦不須依時礼仏誦経、数珠亦不須捉。但知合掌念仏、念念作見仏想）

という厳しい行法なのであった。「日々の行法」「常に勇進することあたは」ぬなら、念仏三昧の道場で七日間、「一食長斎し」、「昼夜に心を束め、相続して専ら阿弥陀仏を念」じ、「睡眠することを得ざれ」というのである。

八の宮は在家の仏道修行者で、ちょっと考えるならば暇をもてあますほど勤行の時間をとる余裕があるはずである。それでも、四季にあてて七日間の尋常の別行を勤めるのは、往生極楽の思いが強いからだけではなく、日々の行法に勇進できないという自覚があるからであろう。勇進できないのは、大君と中の君の二人の娘がいて、よい婿にゆだねることがかなわない境遇にあるからである。端的にいえば、『往生要集』大文六・別時念仏・臨終の行儀・勧念に、

……故に応さにこの念を作すべし、「願はくは、弥陀仏、清浄の光を放ち、遙かにわが心を照らして、わが心を覚悟せしめ、境界と自体と当生との三種の愛を転じて、念仏三昧の

成就して極楽に往生することを得しめたまへ」と。

（……故今応作是念、願弥陀仏、放清浄光、遙照我心、覚悟我心、転境界自躰当生三種愛、令得念仏三昧成就、往生極楽）

とある臨終の「三種の愛」のうち、最初の境界愛は「その所愛の妻子・眷属・屋宅等に於いて、深重の愛を生ず」（岩波文庫脚注九。千観『十願発心記』の文）と説明されるが、八の宮の日常の勤行においても、この境界愛に相当する執着を振り払うことができないということなのであろう。

亡からむ後も

さて、薫は姫君たちをかいま見、留守を守る大君、大君を後見する弁の君と初めて面談して帰京、御念仏の果ての日を見計らって、八の宮家に慰問の品を、山寺に宮のために布施の品をそれぞれ贈り届けた。帰宅した八の宮は、薫からの文を見せられ、大君が礼状を書いたことを聞き、

「何かは。懸想だちて、もてないたまはんも、なかなかうたてあらん。例の若人に似ぬ御心ばへなめるを、亡からむ後もなど、一言うちほのめかしてしかば、さやうにて心ぞと

めたらむ」などのたまひけり。御みづからも、さまざまの御とぶらひの、山の岩屋にあまりしことなどのたまへるに……（一五三頁）

と語りあった。薫への返書を大君がしたためたことを肯定し、薫の人柄を見込んでいるので、すでに「亡からむ後も」と姫君たちの後見を委託している、というのであろう。

十月になって、薫は例によって宇治を訪問した。

宮待ちよろこびたまひて、所につけたる御饗など、をかしうしなしたまふ。暮れぬれば、大殿油近くて、さきざき見さしたまへる文どもの深きなど、阿闍梨も請じおろして、義など言はせたまふ。（一五六頁）

阿闍梨まで招いているのは特別なことであろうが、日ごろ薫の法文を学んでいるさまがしのばれる叙述である。もう明け方も近くなったころ、薫がふと以前ほの聞いた琴の音を話題にすると、八の宮は薫には琵琶を進め、みずから琴を掻き鳴らし、姫君たちにも箏を弾くよううながしたが、姫君たちは恥じて応じない。もうすっかり管絃には心を入れていない様子の八の宮は、わが亡きあとの娘たちのことを案じて、次のような会話となる。

（八の宮）「人にだにいかで知らせじとはぐくみ過ぐせど、今日明日とも知らぬ身の残り

この御簾の前にははしたなくはべりけり。うちつけに浅き心ばかりにては、かくも尋ね参るまじき山のかけ路に思うたまふるを、さま異にてこそ。かく露けき旅を重ねては、さりとも、御覧じ知るらんとなん頼もしうはべる（一四一〜二頁）

と、庇の間に上げてくれるよう求めた。無駄足になってしまいましたが、深い心からはるばる法文を学びに通っている私をねぎらい、親切に応接してくださいというのである。

「山のかけ路」について、『河海抄』（玉上琢弥編『紫明抄・河海抄』角川書店）が、『古今集』雑下・よみ人知らず「世にふれば憂さこそまされみ吉野の岩のかけ道ふみならしてむ」を引歌とし、『岷江入楚』（中野幸一編『岷江入楚』源氏物語古註釈叢刊・第九巻、武蔵野書院）では「私、薫のはる〴〵分けまゐれる山道を姫君たちにかこちなす也」と付け加えており、それでよいと思う。

対する姫君たちであるが、若い侍女が奥に寝ている物馴れた侍女を呼びに行くあいだ、大君が場つなぎに応対することになる。

（大君）「何ごとも思ひ知らぬありさまにて、知り顔にもいかがは聞こゆべく」と、いとよしあり、あてなる声して、ひき入りながらほのかにのたまふ。

（薫）「かつ知りながら、うきを知らず顔なるも世のさがと思うたまへ知るを、一ところしもあまりおぼめかせたまふらんこそ口惜しかるべけれ。ありがたう、よろづを思ひすましたる御住まひなどに、たぐひきこえさせたまふ御心の中は、何ごとも涼しく推しはかられはべれば、なほかく忍びあまりはべる深さ浅さのほども分かせたまはんこそかひはははべらめ……つれづれとのみ過ぐしはべる世の物語も、聞こえさせどころに頼みきこえさせ、また、かく世離れてながめさせたまふらん御心の紛らはしさには、さしもおどろかさせたまふばかり聞こえ馴れはべらば、いかに思ふさまにはべらむ」など多くのたまへば……

（一四二〜三頁）

大君が、「山里育ちで、ものを思い知る心を人並みに持ち合わせていないので、ねぎらいの言葉もかけられません」と応じると、薫は、「心を澄ます八の宮のお住まいにふさわしく、心涼しく過ごしておいででしょうから、世の憂さを思う私の話相手になってくださればうれしく、私もあなたの物思いの聞き役になってさしあげたく存じます」と、いちおう色恋沙汰には無縁な交誼を求める。

思ひすます・涼し

「よろづを思ひすましたる」の「思ひすます」は、仏教語としては一念、専心に徹する意で、世事に振り回されるなど、雑念や余念を生ずることなく仏道に打ち込むことをいうのだと思う。優婆塞の八の宮はともかく、その姫君たちの心中はいかがであろうか。

「御心の中は、何ごとも涼しく」について、『花鳥余情』（伊井春樹編『松永本花鳥余情』桜楓社）では『拾遺集』哀傷・藤原公任「さざなみや志賀の浦風いかばかり心の内の涼しかるらん」を引き、『岷江入楚』は「私不及引哥歟」と不要としている。引歌というよりも用例と見ておけばよいと思う。法華三部経の開経『無量義経』（大正新修大蔵経・第九巻）上・徳行品第一に、

涅槃の門を開き、解脱の風を仰ぎ、世の熱悩を除き、法の清涼を致す。

（開涅槃門、扇解脱風、除世熱悩、致法清涼）

とあるように、仏教語としては煩悩や苦にわずらわされないこと、涅槃、解脱の意でよいのであろう。天台の教義としては、いま院政期の寂然『法門百首』（新校群書類従・第十九巻）夏から秋にかけての本文を引けば、

（夏）　除世熱悩、致法清涼

禊ぎする河辺の岸に芝居して夏をばけふぞよそに聞きつる

三乗の益をつらぬる中に、はじめに声聞の惑ひをたち、悟りをひらくことをいふ文也。

「禊ぎす」とよめるは、涅槃の岸に出でて、生死の熱悩を除くなるべし。法の清涼をえて、三界の火宅を忘るれば、「夏をよそに聞く」とはいふにや……二乗ばかりの果なれば、「芝居」といひつべし。

秋　開涅槃門、扇解脱風

押し開く草のいほりの竹の戸にたもと涼しき秋の初風

これも同じところの文なり。二乗をば止宿草菴とて、草のいほりにたとへたり。

とある。後詞は寂然の自注と見られるが、それによればどうやら精確には、『無量義経』二巻は『法華経』の開経にあたるので、仏・菩薩にいたらせる前段階として、声聞・縁覚の二乗が「生死の熱悩を除」き、「三界の火宅を忘」れるだけの悟りを得た境地が「涼し」ということであるらしい。それはまた優婆塞になったり、出家したりした境地でもある、と理解しておかねばならないのであろう。

深さ浅さのほどを分く

薫は姫君たちに、「浅き心」では宇治に通うはずもないことを、「御覧じ知るらん」とかこちなしたが、その心は薫においては深い道心であるといっても、姫君たちにとっては男の好き心のあらわれとして受け取られる。大君は、「何ごとも思ひ知らぬありさまにて、知り顔にもいかがは聞こゆべく」と、ものを弁えない身なので、わけ知り顔なお返事はできませんと卑下して、薫を突き放すかのように言いなす。薫はかさにかかって、「かつ知りながら、うきを知らず顔なるも世のさがと思うたまへ知る」私ですが、あなたが「あまりおぼめかせたまふ」ように振る舞うのは残念ですと、交誼を求めて踏み込んでいく。これにより、後のち弁の君もまじえて「知り知らず」(「思ひわく」「思しわく」を含む)にまつわる掛け合いふうな会話の繰り広げられる物語展開の妙味については、すでに『源氏物語湖月抄増注』(有川武彦校訂、講談社学術文庫版)の頭注「なにごともげに思ひしり給ひけるたのみ」(テキストの一四四頁に相当)の条に指摘のあるところであるが、あらかじめ注意しておきたい。そもそもの初めから、薫の心内では道心と恋ないし好き心が表裏の関係にあったということになろう。

四　初対面の挨拶(二)——弁の君と薫

思うたまへわたる験にや

やがて奥から、大君の後見をつとめる老女房の弁の君がやって来て、大君に代わって薫に応対することになる。弁は挨拶も早々に、ぜひお伝えしたいお話がありますと言って、身の上を

明かすことになるが、まずは、

……あはれなる昔の御物語の、いかならんついでにうち出できこえさせ、片はしをもほのめかし知ろしめさせんと、年ごろ念誦のついでにもうちまぜ思うたまへわたる験にや、うれしきをりにはべるを……（一四五頁）

といわくありげなことを言い、薫に勧められて、

かかるついでしもはべらじかし。また、はべりとも、夜の間のほど知らぬ命の頼むべきにもはべらぬを。さらば、ただ、かかる古者世にはべりけりとばかり知ろしめされはべらなん……（同前）

と身の上話が始まるのであった。弁の君は薫の出生の秘密を知る、女三の宮を除けばたぶん唯一の人物である。六十歳目前の弁は、いつか薫にわが存在を知られ、薫の実父である故柏木の最期の様子を伝えたいと念じていたらしく、この機会を「思うたまへわたる験にや」と喜んだ。弁は念誦に専心すべきところ、「あはれなる昔の御物語」を薫に「ほのめかし知ろしめさせん」と念願して、「念誦のついでにもうちまぜ思うたまへ」つづけたと言う。「うちまぜ思ふ」は俗事の余念を雑えることであり、執着となって好ましいことではないが、往生極楽を願うほ

かにはただ一つ、生きているうちに薫と面談する機会の訪れることを祈って、仏菩薩の霊験を期待したのである。幸い「験」があって、こうして実現したというのであるが、これは衆生の感に仏菩薩が応じて現世利益が得られるという感応の思想で、そこには中国思想の天人の感応、陰徳陽報の思想の影響も感じられる。日本ではおそらく八幡信仰にかかわって、「隠れたる信あれば、顕はれての験」という諺ができていた。『源氏物語』とほぼ同時期の源為憲『世俗諺文』（天理図書館善本叢書57）の所属不明の目次に、

陰徳有れば必ず陽報有り、隠れたる信には顕はれたる感有り。
（有陰徳者必有陽報、隠信者有顕感。第二句ハ「有隠信者必有顕感」カ）

と見えている。この点については、『岩波仏教辞典』の「感応」の項、また小稿「『とはずがたり』における構想と執筆意図」（『とはずがたり・中世女流日記文学の世界』女流日記文学講座・第五巻、勉誠社、平成2年）を参照されたい。薫もまた同様の感慨をもつことになるが、このことはまた後にふれよう。

夜の間のほど知らぬ命

引用本文に戻ると、「夜の間のほど知らぬ命」については、『河海抄』に、

人命不停過於山水、今日雖存明亦難保、（「云」脱カ）何縦心令住悪法。涅槃経。炎経（以下省略）

雪山鳥唱云、今日不知死、明日不知死、何故造作栖、安穏無常身。

とある。どちらも無常を言う代表的なことばであったらしく、前者は、『涅槃経』（大正蔵・第一二巻）巻二十三・光明遍照高貴徳王菩薩品第十ノ三（北本。再治の南本では巻二十・第十ノ二）に、訓読して引くと、

人命の停まらざること山水に過ぎたり、今日存すといへども明亦た保ちがたし、いかんが心を縦いままにして悪法に任せしめんや

とあり、また『往生要集』大文一・厭離穢土・人道・無常の冒頭にも載る。

雪山の鳥の唱える偈「今日死を知らず、明日死を知らず、何故に栖を造作して、無常の身を安穏せん」の出典は未詳で、中世にはよく知られていたようであり、『織田仏教大辞典』の「寒苦鳥」に詳しいが、ここも最も古い用例の『法門百首』冬から引けば、

雪山之鳥

夜をさむみ高嶺の雪に鳴く鳥の朝の音こそ身にはしみけれ

雪山の鳥あり。夜鳴きていはく、「寒苦われを責むる、夜明けば巣つくらん」。明けて又鳴く、「今日しなん事を知らず、明日しなんことを知らず、いかで巣をつくりて、無常の身をやすくせん」と。心なき鳥だにも、常なき世をば思ひ知るなり。人身をうけながら、いとふ心なからんこそはづかしけれ。情けあらん人、「あしたの音」はまことにしみぬべし。

とある。「心なき鳥だにも、常なき世をば思ひ知る」と言えるのかどうか、疑わしいところがあり、佐竹昭広「雪山の鳥」(『閑居と乱世』平凡社選書、平成17年。初出は昭和44年で、原題は「懈怠ということ」)を参照されたいが、ともかく雪山の鳥さえこの身は無常という自覚があったという。「雪山鳥」の引用については院政期以降、むしろ中世的な理解を示したものとおさえておきたい。

「夜の間のほど」という表現に戻れば、『拾遺集』春・元良親王「朝まだき起きてぞ見つる梅の花夜の間の風のうしろめたさに」との関係はどうなのだろう。『拾遺抄』では多くは「よみ人知らず」とあるそうであるが、元良親王が世の無常を思ってこのように詠んだのか、この歌の第四句を利用して「夜の間のほど知らぬ」という成語ができたのか、不明とするほかないが、これが弁の君の老いの身の思いなのであった。

知ろしめさせん

　ここで、「知り知らず」の掛け合いのつづきを見ていくことにすれば、薫に応対しようと出てきた弁は、「あなかたじけなや…御簾の内にこそ。若き人々は、もののほど知らぬやうにはべるこそ」（一四三頁）と周囲をたしなめ、世に忘れられた八の宮家に通う薫の志を「あさましきまで思ひきこえさせはべる」（一四四頁）し、「若き（姫君たちノ）御心地にも思し知りながら、聞こえさせたまひにくきにやはべらん」（同前）とまくしたてるように挨拶した。薫も「いとたづきも知らぬ心地しつるに、うれしき御けはひにこそ。何ごとも、げに思ひ知りたまひける頼み、こよなかりけり」（同前）と、面食らいながらも喜んだ。

　互いに挨拶のことばをかわしたところで、弁は、前引したが、「あはれなる昔の御物語の……片はしをもほのめかし知ろしめさせんと、年ごろ念誦のついでにも……」（一四五頁）と、何やら気にかかりそうなことを口に出す。薫が「ここにかく参ることはたび重なりぬるを、かくあはれ知りたまへる人もなくてこそ、露けき道のほどに独りのみそぼちつれ」（同前）と応じると、弁はまずは身の上話を始めて、

……夜の間のほど知らぬ命の頼むべきにもはべらぬを。さらば、ただ、かかる古者世にはべりけりとばかり知ろしめされはべらなん……知ろしめさじかし、このごろ藤大納言と

申すなる御兄の右衛門督にて隠れたまひにし（柏木）は……（柏木ガ）人に知らせず、御心よりはた余りけることををりをりうちかすめのたまひしを……（薫ガ）聞こしめすべきゆゑなん一事はべれど……

（一四五〜六頁）

と語る。薫は、

……（弁ガ）あはれにおぼつかなく思しわたることの筋を聞こゆれば、いと奥ゆかしけれど……（薫）「そこはかと思ひわくことはなきものから、いにしへのことと聞きはべるも、ものあはれになん。さらば、かならずこの残り聞かせたまへ……」……（一四七頁）

と言って、夜も白んできたため、その場を切り上げた。薫と大君の間で、ついで弁の君と薫の間で、最初の挨拶の際に薫が持ち出した、宇治に通う志の深さは「御覧じ知るらん」ということばに端を発する「知り知らず」の問答は、一転して、薄々勘づいてはいた薫の出生にまつわる秘密の「知り知らず」の話題へと移行してしまうのであった。しかしながら、それがごく自然な流れとなっていることを、「知り知らず」の連鎖的なつらなりが保証しているということなのであろう。

夜も明けようとしてきたため、薫は弁に後日を約した。

峰の八重雲思ひやる隔て多くあはれなるに、なほこの姫君たちの御心の中ども心苦しう、何ごとを思し残すらん、いとかく奥まりたまへるもことわりなりぞかし。（一四八頁）

と、雲霧の「隔て多」い宇治の山里の風情に、薫は、尽きぬ物思いに慰むことない姫君たちの日常を思いやらずにはいられない。立ち去りぎわに大君と歌を詠みかわし、暇を申す際にも、ただの来客並みに扱われた恨みを述べて、

「さるは、かく世の人めいてもてなしたまふべくは、思はずにもの思しわかざりけりと恨めしうなん」（同前）

と、「知り知らず」で結ぶ薫であった。

五　薫の思念(一)——観念たよりあり

水の上に浮かびたる

迎えの車が来るまで西面に通されて、薫は宇治川を見下ろす。

「網代は人騒がしげなり。されど氷魚も寄らぬにやあらん。すさまじげなるけしきなり」

と、御供の人々見知りて言ふ。あやしき舟どもに柴刈り積み、おのおの何となき世の営みどもに行きかふさまどもの、はかなき水の上に浮かびたる、誰も思へば同じごとなる世の常なさなり。我は浮かばず、玉の台に静けき身と思ふべき世かはと思ひつづけらる。

（一四九頁）

さりげない場面であるが、これについて『弄花抄』（伊井春樹編『弄花抄』桜楓社）は、

はかなき事どもと見給ひて、又身のうへなどに思ひかへし給ふ、妙也。

薫、玉の台に住みて、水の上にうかばね共、思へばかなしき事なりと也。

と注する。薫は庶民の氷魚漁と柴刈り舟の輸送といった生業を「はかなき水の上に浮かびたる」と見て、『和漢朗詠集』雑・無常・羅維、

身を観ずれば岸の額に根を離れたる草、命を論ずれば江の頭に繋がざる舟

（観身岸額離根草、論命江頭不繋舟）

と思い、わが身を振り返ると、同・述懐、

世の中はとてもかくても同じこと宮もわら屋も果てしなければ

（のち『新古今集』雑下・蟬丸）

と観じ、「宮」に代わることばとして『拾遺集』夏・よみ人知らず、

今日見れば玉の台もなかりけり菖蒲の草の庵のみして

の「玉の台」を持ち出し、みずからもあくせく働く者たちと変わりない、定めなくはかない身であると思ってしまう。

おそらく薫の脳裏には「浮生」という表現も浮かんでいたのではないか。現代の我われには『古文真宝』（新釈漢文大系）李白・春夜宴桃李園序「それ天地は万物の逆旅にして、光陰は百代の過客なり。しかして浮生は夢のごとし。歓びをなすこと幾ばくぞ（夫天地者万物之逆旅、光陰者百代之過客。而浮生若夢。為歓幾何）」で親しいが、もと『荘子』（岩波文庫）外篇・刻意篇、

その生や浮かぶがごとく、その死や休ふがごとし（其生若浮、其死若休）

に由来し、日本でも『和漢朗詠集』雑・餞別・菅原道真、

浮生をもて後会を期せむとすれば、かへて石火の風に向かて敲つことを悲しぶ（欲以浮生期後会、還悲石火向風敲）（『菅家文草』巻五・和大使交字之作）

の用例があり、後には仏教のほうでも『往生拾因』（浄土宗全書）序、

人身は水上の漚、浮生誰か留めん（人身水上漚、浮生誰留）

と使用されることになる。ちなみに、「水上の泡」の例は、『維摩経』（大正蔵・第一四巻）観衆生品第七に、

菩薩いかんが衆生を観ずる……智者の水中の月を見るが如く、鏡中に其の面像を見るが如く、熱時の焔の如く、呼ぶ声の響きの如く、空中の雲の如く、水の聚沫の如く、水上の泡の如く……

（菩薩云何観衆生……如智者見水中月、如鏡中見其面像、如熱時焔、如呼声響、如空中雲、如水聚沫、如水上泡……）

とある。

観念たよりあり

『細流抄』になると、さらに一歩進めて、

氷魚のためにせつしやうし、柴をはこびて世をわたる、いづれも利をあらそふ心はおなじ

事と也。

我はしづのわざなどはせざれども、さりとてそれを至極とも思ふべきにあらず、いづれもおなじかりの世といへる也。

と、「殺生」や「利を争ふ」などの語句を交えて読み解いている。私も同感で、漁師や舟人を見すえる薫の横顔には、ふと『閑居友』（新日本古典文学大系）上・四「空也上人、あなものさわがしやとわび給ふ事」を思いあわせてしまう。山中生活の折には「あなものさわがしや」と嘆いていた空也が物騒がしい市中で暮らしているのを、もとの弟子が見いだしてわけを尋ねたところ、答えて明かすには、山中では弟子たちを養い育成する算段に心をすり減らしていたが、市中なら食い物の心配もいらないし、

「……心散るかたなくて、ひとすぢにいみじく侍り。また、頭に雪をいたゞきて世の中を走るたぐひあり。又、目の前に偽りを構へて、悔しかるべき後の世を忘れたる人あり。これらを見るに、悲しみの涙かきつくすべきかたなし。観念たよりあり。心しづか也。いみじかりける所也」

と語ったという。空也の場合は「大隠は市に隠る」の体であったが、白居易の口吻を当てはめ

れば宮仕えする薫は中隠、隠棲する八の宮は小隠に相当することになる。そこまで推し当てるのはたぶん行き過ぎで、薫はいま宇治の山里を「観念たよりあり。心しづか也」と見つつも、まだ年若い姫君たちには何の慰めにもならず、物思い尽きぬことであろうと同情し、

「橋姫の心を汲みて高瀬さす棹のしづくに袖ぞ濡れぬる
ながめたまふらむかし」　（一四九～五〇頁）

と書き贈ることになる。大君の返歌、

「さしかへる宇治の川長朝夕のしづくや袖をくたしはつらん
身さへ浮きて」　（一五〇頁）

を見て、「まほにめやすくものしたまひけりと心とまりぬれど」（同前）と心ひかれたのは、ともに柴舟の川長のなりわいに目をとめていたことが知られたからであろうか。

六　薫の思念(二)——愛の繭にまつはれ

御心騒がしたてまつらん

帰京した薫は、弁の君の物語のつづきが気にかかり、姫君たちの面影がちらついて、「なほ思ひ離れがたき世なりけりと心弱く思ひ知ら」（一五一頁）れ、八の宮邸に慰問の食事、宇治山の寺にお布施の衣料を届ける心配りを忘れない。薫の配慮を八の宮は、「亡からむ後もなど、一言うちほのめかしてしかば、さやうにて心ぞとめたらむ」（一五三頁）と了解したという。

ついで薫は、どういう風の吹き回しからか、「三の宮（匂宮）の、かやうに奥まりたらむあたりの見まさりせんこそをかしかるべけれと、あらましごとにだにのたまふものを、聞こえはげまして、御心騒がしたてまつらんと思して」（同前）、匂宮のもとに参り、姫君たちへの関心をかき立てたうえで、

（薫）「……しばし世の中に心とどめじと思うたまふるやうある身にて、なほざりごともつつましうはべるを、心ながらかなはぬ心つきそめなば、おほきに思ひに違ふべきことをなんはべるべき」と聞こえたまへば、（匂宮）「いで、あなことごとし。例のおどろおどろ

しき聖詞見はててしがな」とて笑ひたまふ。（一五五頁）

と、自分は譲って身を引くようなことを言う。このあたりの薫の心理については、神田龍身『源氏物語――性の迷宮へ』（講談社選書メチエ、平成13年）の序章が一つの解釈を提示しているが、私にはよく分からないというのが正直なところである。すっかり八の宮家の後見人を気取ったつもりで、わが心の奥処をのぞきこもうとしなかったのであろうか。あるいは、わが道心のほどを試そうとする気持ちもあったのだろうか。

出家は宿善開発

道心をかかえている薫が、いくら法の友である八の宮に委託されたからといって、姫君たちに近づいたり、好色な匂宮に姫君たちをかいま見たことを話したりするのは行き過ぎた行為ではないかと思わないでもないが、相変わらず在俗の生活を送っているかぎり、これはこれで自然なのかもしれない。このようなことに心を費やす薫も、姫君たちの将来を案じて優婆塞のままでいる八の宮も、夕霧巻において落葉の宮の出家を思いとどまらせた朱雀院のことば、「心と思ひとる方ありて、いますこし思ひしづめ心澄ましてこそ、ともかうも」（夕霧巻④四六〇頁）にかなうところまでは、まだ到達していないというのであろう。

真正の菩提心を発すとか出家するとかいうのは一大事なのであって、いま中世的な表現を借りて言えば、『とはずがたり』（新日本古典文学大系）巻二の、

「御出家の事は、宿善内にもよほし、時至る事に候へば……」

とか、『沙石集』（新編日本古典文学全集）巻十ノ本・吉野の執行遁世の事の、兄弟で執行職を争った両名が、

……然るべき因縁やありけん、（兄の――筆者が補う）執行の思ひけるは…と思ひ取りて、執行を弟に譲りて、ある山里に遁世し……修行怠らずして、臨終実に目出たく、既に終はりにけりと云へり。さて、弟の執行……とて、兄の執行の子息に執行をば譲りて、また遁世してんげり。有り難き宿善なり……善悪の縁、共に思ひ解けば、仏道に入るたよりなるべし。

とかいうことになる。善縁か悪縁か、しかるべき因縁により、思い取ることがあって、思いしずめ心澄ました後に初めて出家する、出家がかなうのは前世の「宿善内に熟して今開発するのみ（宿善内熟今開発耳）」というのである。「宿善」云々は、じつは『往生要集』大文十・問答料簡・往生の階位における悪人の臨終十念による往生についての説明で、これを出家について転用したものなのであった。

氷魚ならぬ蜉蝣

季節は早くも初冬を迎える。

十月になりて、五六日のほどに宇治へまうでたまふ。「網代をこそ、このごろは御覧ぜめ」と聞こゆる人々あれど、（薫）「何か、その蜉蝣にあらそふ心にて、網代にも寄らん」と、そぎ棄てたまひて……

宮待ちよろこびたまひて……暮れぬれば、大殿油近くて、さきざき見さしたまへる文どもの深きなど、阿闍梨も請じおろして、義など言はせたまふ。（一五六頁）

宇治の風土ということで、晩秋から冬にわたっては網代による氷魚漁が点景として描かれるわけであり、前回の九月の来訪の際も、「網代は人騒がしげなり。されど氷魚も寄らぬにやあらん…」（一四九頁）と話題にされており、ここでも再び供人によって注意がうながされている。しかし、薫は「氷魚」を「蜉蝣」にとりなして否定的に言い捨て、興味を示さないのであった。『異本紫明抄』（ノートルダム清心女子大学古典叢書、福武書店）には、

蜏（右傍ヒヲムシ、左傍下イウ）　朝生夕死虫也。

或人、西円法師に「ひを虫とは何物ぞ」と問。「これはひをぞかし」と答侍けるとかや。

さては、薫中将の秀句無念にこそ侍らめ。「あじろを御覧ぜめ」と云に、とりもあへず、「なにかは、そのひをむしにあらそふ心にて、あじろにはよらむ」と、無常の虫のしかもひをにかよへるお、心とくよび出されたるこそ面白く侍るを、ひをとばかり心得ては、なにの秀句か侍るべき。何事に付ても、此物語はあふぐとも上(右傍ウヘ)なく、きらるゝともつくべからざる物とこそ見侍れ。理不尽と云べきにや。をしよみに、理顕れがたからむかし。〔素寂〕

とある。『紫明抄』は同文、『河海抄』には多少の手入れがある。『花鳥余情』では、

郭璞詩、「借問蜉蝣輩、寧知亀鶴年」。

を挙げ、『細流抄』は「蜉蝣をいへり。あしたあれども、夕をしらぬ身ぞと也」とし、『弄花抄』は「蜉蝣を氷魚によそへたり」とする。「郭璞詩」というのは、『文選』(全釈漢文大系、集英社)巻二十一・詩・遊仙・郭璞・遊仙詩七首(其の三)「こころみに問ふ、蜉蝣の輩、寧んぞ知らん、亀鶴の年を」(訓読文)を指す。

素寂の発言は、西円に対してライバル意識むき出しのところまで伝わってきておもしろく、的確な理解であると思う。氷魚も蜉蝣も薫も命のはかないことには変わりなく、一時の目を肥

やすことなどむなしいという趣旨で、八の宮とともに阿闍梨から法文を学ぶことのほうを優先させた、というふうに文脈がつづいていくのであろう。

ともかく、宇治を訪れる薫がその度ごとに、

はかなき水の上に浮かびたる、誰も思へば同じごとなる世の常なさなり。我は浮かばず、玉の台に静けき身と思ふべき世かは

「何か、その蜉蝣にあらそふ心にて、網代にも寄らん」と、そぎ棄てたまひて……

と、見聞きするものにつけて無常を観じる心向きであることに注意したい。

違へはべるまじ

法文の講義も一段落したのち、薫が前回の訪問の折に琴の音をほの聞いたことを話題にしたことから、八の宮はわが亡きあとの娘たちのことを案じて後見を委託し、薫はかしこまって、

わざとの御後ろ見だち、はかばかしき筋にはべらずとも、うとうとしからず思しめされんとなん思ひたまふる。しばしもながらへはべらん命のほどは、一言も、かくうち出できこえさせてむさまを違へはべるまじくなん。（一五九頁）

と後見を引き受けた。すでに後見を引き受けるような一言を口にしていたらしく、また、いずれ近いうちにあらためて後見を託される機会もあるのだろうが、それにしても、わざわざ薫のほうから姫君たちのことを話題にし、後見を約束したというのだから、いったいどうなっているのだろう。

ここで橋姫巻の後半を振り返ってみるならば、薫はたまたま八の宮の不在中に宇治を訪ねて、琴の音を聞いたのがきっかけで、姫君たちをかいま見ることを思い立ち、応対せざるを得ない大君に交誼を申し入れたのみならず、帰りぎわに和歌を詠みかわしたうえ、わざわざ好色の匂宮にかいま見の話をして、姫君たちへの関心をかき立てるようなことをしていた。今も、すすんで立ち聞きのことを話題にしたために、姫君たちの後見を委託されるはめになったのである。これらはもう薫の好き心の発動と評するよりほかないと思う。薫は道心をかかえながらも、恋路に足を踏み入れることになっていく。とすれば、次には薫の心の中で大君ないし姫君たちへの関心が、どのように動き出してきているかという読み取りが必要になってくるが、ここでは省略する。

愛の繭にまつはれ

次第に、世に生きなずむ薫の姿が浮かび上がってきた。薫の道心に偽りはなく、大君に交誼を求めることばにもやましいところはなかったであろう。そのあたりの深層心理や、後見を約束した時、姫君たちの処遇をどう思い描くことがあったのかを探ることも大切であるが、恣意的な判断をしない用心が肝要だと思う。私はここで方向転換して、別のかたちで読みの一端を示してみよう。『摩訶止観』巻五ノ上・正修止観・観陰入界境の第二慈悲の心を起こせに、

真正の菩提心を発すとは……一苦一切苦なるを知り、みずから昔の苦を悲しむ。惑を起こして麁弊の色声に耽湎し、身口意を縦いままにして不善業をなし……しかもいま、かえって愛の繭をもつてみずから纏ひ、癡の燈に害せらる。
(発真正菩提心者……知一苦一切苦、自悲昔苦。起惑耽湎麁弊色声、縦身口意為不善業…而今却以愛繭自纏、被害癡燈)

とある。これを恋に引きつけて解読するならば、真正の菩提心を発し、四弘誓願を立てるにいたる以前には、煩悩ゆえに異性に恋をし、罪深く振る舞って自縄自縛となり、六道輪廻を繰り返すというのである。ここも『法門百首』述懐から引けば、

〔心地観経〕由妄念故沈生死
なつひきのいとふべき世にまとはれし此の心ゆゑかき籠もりける

『止観』にいはく、「愛のまゆにまつはれ、癡のともしびに容（「害」カ）せらる」とも。妄念といふはこれなり。生死をはなれむとおもはば、すみやかに妄念をはなるべし。かるがゆゑに、この文のしもには、「実智によるが故に菩提を證す」といへり。

と説明している。句題の法文の出典は『大乗本生心地観経』にはなく未検であるが、伝源信撰『講演心経義』ほかに頻出する句である。寂然の自注ではその説明をもっぱら『止観』の文言によっている。

七　薫の思念(三)――この世のほだし

仏は世におはしましけり

八の宮が暁の勤行の時刻となったので、薫は弁の君を召して昔語りを聞くことにした。いよいよ薫の出生の秘密が明かされるのであるが、薫は薫で、

げに、よその人の上と聞かむだにあはれなるべき古事どもを、まして年ごろおぼつかなくゆかしう、いかなりけんことのはじめにかと、仏にもこのことをさだかに知らせたまへと念じつる験にや、かく夢のやうにあはれなる昔語りをおぼえぬついでに聞きつけつらん、

と思すに、涙とどめがたかりけり。（一五九～六〇頁）

と感無量で、「かの過ぎたまひにけん（故柏木）も安からぬ思ひにむすぼほれてや、など推しはかるに、世をかへても対面せまほしき心つきて」（匂兵部卿巻⑤二四頁）とまで深く思いつづけてきたことを、「おぼえぬついでに聞きつけ」ることになって、「仏にもこのことをさだかに知らせたまへと念じつる験にや」と思わずにはいられない。弁は弁でまた、

「……いかにしてかは聞こしめし伝ふべきと、はかばかしからぬ念誦のついでにも思うたまへつるを、仏は世におはしましけりとなん思うたまへ知りぬる。御覧ぜさすべき物もはべり……かく朝夕の消えを知らぬ身の、うち棄てはべりなば、落ち散るやうもこそと、いとうしろめたく思うたまふれど……」（一六一頁）

と、じつは女三の宮に届けるべく預かった柏木の遺書を所持してもいるのであったが、それはともかく、薫と対面できた折には「念誦のついでにもうちまぜ思うたまへわたる験にや」（一四五頁）と言い、ようやく昔語りする機会を得ては、「仏は世におはしましけりとなん思うたまへ知りぬる」とまでありがたく感じている。

弁は二十数年も昔のできごとを思い返して、「故権大納言の君の、世とともにものを思ひつ

つ、病づきはかなくなりたまひにしありさまを聞こえ出で」（一五九頁）たほか、薫の「生まれたまひけるほどのことも、よくおぼえつつ聞こ」（一六一頁）えた。この弁と薫の二度目の対面は、次のように終わっている。

（弁）「……その昔の若ざかりと見はべりし人は、数少なくなりはべりにける末の世に、多くの人に後るる命を、悲しく思ひたまへてこそ、さすがにめぐらひはべれ」など聞こゆるほどに、例の、明けはてぬ。

（薫）「……かかる対面なくは、罪重き身にて過ぎぬべかりけること」などのたまふ。

（一六二～三頁）

薫は、実父の柏木について知り得たことをもって、「罪重き身にて過ぎぬべかりけること」と、弁に感謝したのであろう。この「罪重き身」については、冷泉帝が実父である光源氏のために孝心を尽くしたいと考えていたように、仏教よりも儒教に引きつけて考えたほうがよいと思われる。

六十歳にはまだ足らぬ弁ではあったが、これまで生きてきて、『拾遺集』哀傷・藤原為頼「世の中にあらましかばと思ふ人なきが多くもなりにけるかな」という感慨をかかえていると言う。『栄花物語』（新編日本古典文学全集）見はてぬ夢巻によれば、為頼が「世の中に……」と詠むと、小大君が「あるはなくなきは数そふ世の中にあはれいつまであらんとすらん」と返歌したと伝える。

匂兵部卿巻において薫の人物造型をほどこした時点で、すでに弁の君なる人物と登場のさせ方も構想のうちに入っていたのであろうが、こうして実現したのであるから、ひとまず弁はその役割を終えたことになる。弁は、「小侍従と弁と放ちて、また知る人はべらじ。一言にても、また、他人にうちまねびはべらず」（一六〇頁）と誓うが、薫は、

かやうの古人は、問はず語りにや、あやしきことの例に言ひ出づらんと苦しく思せど、かへすがへすも散らさぬよしを誓ひつる、さもやとまた思ひ乱れたまふ。（一六二頁）

と疑う。椎本巻にはいると、

古人の問はず語り、みな、例のことなれば……いと恥づかしげなめる御心ども（姫君たち）には聞きおきたまへらむかしと推しはからるるが、ねたくもいとほしくもおぼゆるにぞ、またもて離れてはやまじと思ひよらるるつまにもなりぬべき。（二〇一頁）

と、薫は姫君たちもわが出生の秘密を知っていると忖度して、「もて離れてはやまじ」と思うようになっているのだから、弁から出生の秘密を聞かされたことが逆にこの世のほだしに転じ

てしまったことは注意されてよいであろう。

何かは、知りにけりとも知られたてまつらん

帰宅後、薫は弁から受け取った封じてある袋を取り出した。中には、「たまさかに通ひける御文の返り事、五つ六つ」（一六四頁）というのだから、これは母である女三の宮の手跡であろう、また柏木が最期にあたって書いた「陸奥国紙五六枚」（同前）に及ぶ手紙がはいっていた。内容は、

病は重く限りになりたるに、またほのかにも聞こえんこと難くなりぬるを、ゆかしう思ふことはそひにたり、御かたちも変はりておはしますらんが、さまざま悲しきこ（同前）

という趣旨で、

目の前にこの世をそむく君よりもよそにわかるる魂ぞかなしき

また、端に、「めづらしく聞きはべる二葉のほども、うしろめたう思うたまふる方はなけれど、

命あらばそれとも見まし人しれぬ岩根にとめし松の生ひすゑ」（一六五頁）

と、出家した女三の宮と誕生した薫の行く末に思いを残しつつ、幽明境を異にすることを悲しむ遺書であった。

橋姫巻は次のように閉じられる。

かかること、世にまたあらんやと、心ひとつにいとどもの思はしさそひて……宮（女三の宮）の御前に参りたまへれば、いと何心もなく、若やかなるさましたまひて、経読みたまふを、恥ぢらひもて隠したまへり。何かは、知りにけりとも知られたてまつらんなど、心に籠めてよろづに思ひゐたまへり。（一六五～六頁）

ここの「何かは、知りにけりとも知られたてまつらん」には、「知り知らず」の連鎖の果て、その余響を聞き届けておくべきであろう。薫と大君の間で、宇治に通う薫の志の深さ浅さについてのやりとりから始まり、ついで弁の君と薫の間で志の深さを引き取っての「知り知らず」、さらに故柏木をめぐる「知り知らず」へと展開していったその先に、巻末で実父柏木の最期を知った薫が、母宮はこのことを知らない、独り胸の奥におさめておこうと決めたといって結ぶのである。

よろづに思ひゐたまへり

薫はあらためて母宮について、

……はかもなくおほどきたまへる女の御悟りのほどに、蓮の露も明らかに、玉と磨きたまはんことも難し、五つの何がしもなほうしろめたきを、我、この御心地を、同じうは後の世をだに、と思ふ。

（匂兵部卿⑤二四頁）

とあった若き日の決意を思い返し、また後の巻で、

心苦しうて過ぎたまひにけむいにしへざま（故柏木）の思ひやらるるに、罪軽くなりたまふばかり行ひもせまほしくなむ。

（椎本巻⑤一七八頁）

と思うように、柏木の菩提を弔い、女三の宮の後世菩提を助けようと、父母への孝養を思わずにはいられないのであった。このこと自体は仏道に親近することといってもよいが、薫の場合には、俗世を生きる者として母宮に儒教的な意味での孝養を尽くすことの比重が大きく、かならずしも道心を深めることにはつながっていかない。

橋姫巻の後半を振り返ってみるならば、道心深い薫が宇治の姫君たちをかいま見て大君に心ひかれ、かいま見の話をして匂宮の気を引き、八の宮に対して姫君たちの後見を引き受けたと

いうふうに進行していき、出生の秘密を知らされて父母への孝養を思うところまできた。気がついた時には、出家を願い準備に怠りないどころか、迷妄の虜となって自縄自縛の状態でもがき苦しむ地点にいるということになるのでなかろうか。この世のほだしとはそのようなものである、と言う語り手の声が聞こえてきそうである。

宇治十帖の世界と仏教

原岡文子

はじめに

例えば「説経の講師は、顔よき。講師の顔を、つとまもらへたるこそ、その説くことの尊さもおぼゆれ」（角川ソフィア文庫『枕草子』「説経の講師は」）など、生活の中にいかにも身近に浸透した往時の仏教をめぐる、生き生きと軽い感覚の戯れを顧みる時、『源氏物語』の仏教へのまなざしには随分異質なものが溢れていることに気づかされよう。『源氏物語』の仏教は、生活の背景を大きく彩るものであることを遙かに超えて、物語の主題や思想に重く絡む問題として取り込まれるものにほかならない。恋と栄華の物語の主人公、光源氏の生涯は、実は道心を達成する道筋としても読み解かれている(1)。

中でもとりわけ出生の秘密に悩み、仏道に惹かれる憂愁の貴公子、薫を主人公とする宇治十帖は、仏道――宗教の問題――が重く迫り出す物語と言える。宇治十帖の世界には、どのような仏教の命題が取り込まれているのか。ここでは物語の発端に登場する宇治の阿闍梨の存在、そして物語の最後の女主人公である浮舟の出家という二つの問題に焦点を当て、『源氏物語』作者の仏教をめぐる思いの在り方を探りたいと考える。

一　宇治十帖の発端――宇治の阿闍梨、八の宮、薫

宇治十帖の発端は、桐壺帝第八皇子（光源氏の異母弟）で、冷泉帝の廃太子を目論む弘徽殿大后一派に東宮として担ぎ出されたあげく、その失敗により失意の人生を余儀なくされたという、新たな登場人物、八の宮から語り起こされる。その八の宮と、薫とを繋ぐ糸を紡いだのが宇治の阿闍梨という僧侶であった。

峰の朝霧晴るるをりなくて明かし暮らしたまふに、この宇治山に、聖だちたる阿闍梨住みけり、才いとかしこくて、世のおぼえも軽からねど、をささ公事にも出で仕へず籠りゐたるに、この宮のかく近きほどに住みたまひて、さびしき御さまに、尊きわざをせさせたまひつつ、法文を読みならひたまへば、尊がりきこえて常に参る。

（小学館新編日本古典文学全集『源氏物語』　橋姫（五）一二七頁）

北の方も、邸さえも失った「世に数まへられたまはぬ古宮」、八の宮は宇治の地に移り住む。「峰の朝霧晴るるをりな」い、その八の宮の許を訪ねたのが「聖だちたる阿闍梨」であった。「阿闍梨」という僧位を与えられ、しかも「聖だちたる」という具合に半ば既成の教団から離れた修行の在り方(2)を意味する言葉を担う阿闍梨が、八の宮の法《のり》の師として与えられた人物であった。彼の導きの許《もと》に、いよいよこの世のはかなさを思い知り、「心ばかりは蓮の上に思ひのぼり、濁りなき池にも住みぬべきを、……」と、八の宮の観想(3)の果ての思いはいっそう深まってゆく。それは、けれど言うまでもなく「峰の朝霧晴るるをりなくて」と記された八の宮の内的外的状況のもたらす思いにほかならない。八の宮自身にそれを明かす言葉がある。

ここには、さべきにや、ただ、厭ひ離れよと、ことさらに仏などの勧めおもむけたまふやうなるありさまにて、おのづからこそ、静かなる思ひかなひゆけど、……

（橋姫一三二頁）

『往生要集』の中心思想、「厭離穢土欣求浄土」がそのままの形で用いられる(4)八の宮の述懐の中に、すべのない過酷な零落の運命が、そのまま八の宮の道心を育んでいった機構が明らかにされる。「わが身に愁へある時」にこそ道心も起こるのだと、道心が、実は運命の無慙と密接に結ぶことを思い知る八の宮だからこそ、逆に都で何の不足もない日々を送る薫の求道の思いを知らされた時、「かへりては心恥づかしげなる法の友にこそはものしたまふなれ」と、驚嘆、賛美の思いを深めずにはいられないことになるのでもあった。

「いと荒ましき水の音、波の響きに、もの忘れうちし、夜など心とけて夢をだに見るべきほどもなげに、すごく吹きはら」う宇治での、八の宮の過酷な落魄の日常に在って、阿闍梨の指導の許、世俗からの疎外により失われた矜恃を、仏道と結ぶことによって取り戻そうとするはかない試みは重ねられていく。いわば世俗への執念を裏返しにした、零落に対するはかなく主観的な対処(5)とも言うべき、八の宮の道心の様相が認められる。

ところが、その八の宮のことが、冷泉院の許に伺候する阿闍梨の口から、折しも冷泉院と共に在った薫に、「八の宮の、いとかしこく、内教の御才悟深くものしたまひけるかな。さるべきにて生まれたまへる人にやものしたまふらむ。心深く思ひすましたまへるほど、まことの聖の掟になむ見えたまふ」(橋姫一二〇頁)と伝えられる時、零落と結び付いたその道心の構図は抜け落ち、心深く「思ひすまし」ているという外形だけが伝わっていることが注目される。

我こそ、世の中をばいとすさまじく思ひ知りながら、行ひなど人に目とどめらるばかりは勤めず、口惜しくて過ぐし来れ、と人知れず思ひつつ、俗ながら聖になりたまふ心の掟やいかに、と耳とどめて聞きたまふ。(橋姫一二八頁)

光源氏の子、という恵まれた境遇に在りながら、実は出生の秘密に悩み、道心を育んでいた薫は、ともすればはかない日常に埋もれがちの自身の道心に引き比べ、阿闍梨の言葉の伝える、聖《ひじり》さながらの八の宮への憧れに満たされ、阿闍梨に仲介を頼む展開となった。

一方、八の宮の驚きと、「かへりては心恥づかしげなる法の友にこそはものしたまふなれ」の反応は当然であろう。零落のはかない慰めとしての自らの道心。一方の「年若く、世の中思ふにかな」う、輝く日々を送る人の類い希な道心の在りよう。秘密を知る由もない者としては、まことに当然の賛嘆であった。

こうして、阿闍梨の仲介により二人の親交は開始された。それは二人が共に、得がたい規範を相手の中に見出した(6)と信じる、一つの錯誤の上に築かれた交わり、という意味である種の空中楼閣であったと述べることが許されようか。道心という、極めて精神的な共通の問題をめぐっての交わりでありながら、既にそこには一つの空しさが秘められていたことになる。宇治十帖の発端は、ある皮肉《アイロニー》を帯びた人間関係から刻まれた世界であった。その皮肉の中に、仏教が分かちがたく織り込まれていることを確認しておきたい。もとより八の宮と薫との交渉をきっかけに、やがて宮家の姫君、大君、中の君との恋の物語が導かれる展開であることも含め、『源氏物語』、宇治十帖における仏教とは、救済よりは、むしろ迷妄と近い結びつきにあることも予想されよう。

二 『往生要集』との関わり

さて、阿闍梨と八の宮との道心をめぐる親交の中で、大きく姿を現すのが『往生要集』との関わりの問題である。既に八の宮をめぐって、要集の説く「尋常の念仏」、「別時の念仏」、「臨終の念仏」がそれぞれそのまま物語に影を落としていることが、岩瀬法雲氏などによって指摘されている。(7) 阿闍梨をその導き手とする八の宮の精神生活は、『往生要集』に根深く繋がるものであった。

「往生」を目的とする『往生要集』に在って、最も重視されるのが臨終の念仏であることは言うまでもない。八の宮の臨終をめぐる叙述はどのようなものだったか。

○秋深くなりゆくままに、宮は、いみじうもの心細くおぼえたまひければ、例の、静かなる所にて念仏をも紛れなうせむと思して、君たちにもさるべきこと聞こえたまふ。「世の事として、つひの別れをのがれぬわざなめれど、……」などのたまふ。

（椎本（五）一八四～一八五頁）

○阿闍梨つとさぶらひて、仕うまつりけり。「はかなき御なやみと見ゆれど、限りのたびにもおはしますらん。君たちの御事、何か思し嘆くべき。人はみな御宿世といふもの異々なれば、御心にかかるべきにもおはしまさず」と、いよいよ思し離るべきことを聞こえ知らせつつ、「いまさらにな出でたまひそ」と諌め申すなりけり。（椎本一八八頁）

八の宮は、その死を自覚して山荘を離れ、別所——宇治の阿闍梨の寺——に赴く。寺に入る前日、彼は歳月を重ねた寓居の見納めとばかりに、山荘のあちこちに佇み涙ぐまずにはいられない。姫君達に、「この山里をあくがれたまふな」という厳しい遺言を与えた後、彼は懐かしい山荘から離れた。従ってこの「静かなる所」、別所は、この場所殆どいわゆる「往生院」とよばれるものと同質のものと見なされるであろう。

『往生要集』をその結衆の具体的な念仏の指針としたと言われる二十五三昧会の起請に、次のような規定があることがここに思い起こされよう。

一、可下建二立房舎一宇一。号二往生院一。移中置病者上事。

右人非二金石一。遂皆有レ憂。将造二一房一。其時可レ用レ願。……

（『横川首楞厳院二十五三昧起請』定起請　本文は『恵心僧都全集』（一）思文閣による）

一、可下建二立別処一号二往生院一。結衆病時令中移住上事。

右案二旧典一云。人受病時。仏勧二移処一。衆生貪着至レ死不レ捨恐在二旧所一恋二愛資財一染二

著眷属㆒故。避㆓住処㆒令㆑生㆓厭離㆒。知㆓無常之将㆑至。使㆓正念而易㆑興也。云云（同起請八箇条）

一、可㆓結衆病間結番膽視㆒事。

……命若瞋風燭相集而念仏。或随㆓平年所行㆒讃嘆如㆓十誦律之説㆒。或問㆓病眼所見㆒。而記録如㆓道和尚之誡㆒。夫趣㆓善悪之二道㆒。唯在㆓臨終之一念㆒。善知識縁専為㆓此時㆒也。（起請八箇条）

結衆の中に病人が出たら、往生院と名付ける別処を建て、そこに移し、そのことによってともあれ財やゆかりの人々に対する執着を少しでも捨て去ることがまず勧められる。さらに説かれるのが、その往生院での臨終の際、念仏を勧めるための「善知識」の存在の重さであった。

おそらく源信その人の思想と同一視することのできる臨終をめぐってのこれらの思想、作法は、物語の阿闍梨と八の宮の在り方に、そのまま重ねられるものであった。死を覚悟して別所――阿闍梨の寺――に赴く八の宮に「つとさぶらひて」仕える阿闍梨は、多少なりと回復したら山を下り、姫君達にひと目会おうとする八の宮を引きとめる。姫君達のことはお気になさいますな、「御宿世」というもの、人それぞれなのだからと。肉親の情、心掛り――執着――を捨て往生を遂げることができるようにと、法の師、つまり善知識である阿闍梨は懸命に力を尽くす。殆ど「起請」に示される在り方の具現化そのものである。さらに、「阿闍梨、年ごろ契りおきたまひけるままに、後の御事もよろづに仕うまつる」（椎本一八九頁）との一文が、『往生要集』の臨終行儀に説かれる、「病人、もし前境を見れば。則ち看病人に向ひて説け。既に説くを聞き已らば、即ち説に依りて録記せよ。……」（本文は岩波日本思想大系『源信』による）という在り方を含めた「後の御事」を勤める阿闍梨の姿を現すものであると見られることも併せ、臨終をめぐる二人の行為は、源信の説く作法にそのまま重ねられるものであった。源信は、しばしば指摘される横川の僧都と共に、阿闍梨にもこうして影を落としている。

さらに父の遺骸をひと目、と願う姫君たちに「いまさらに、なでふさることかはべるべき。日ごろも、またあひ見たまふまじきことを聞こえ知らせつれば、今はましてかたみに御心とどめたまふまじき御心づかひをならひたまふべきなり」（椎本一九〇頁）と、阿闍梨は応じ、姫君たちは、彼の「あまりさかしき聖心」を恨まずにはいられなかったと記される。人の情愛から言って姫君たちの恨めしさは当然のものではあるけれど、『往生要集』の説く教えからすれば、阿闍梨の措置はむしろ必然のものでもあった。『往生要集』――浄土思想――が、往生を目指すものとして、臨終行儀、念仏を重視していることが知られる時、八の宮の臨終正念、往生を目指す阿闍梨が、姫君達の願いを斥けるのは、出家者としての彼の良心の証《あかし》でもあった。

つまり姫君たちの「あはれ」の切なさが描かれる一方で、八の宮と阿闍梨との関係にまつわる『往生要集』の教理の重さがなおはっきりと描き込まれているということだろう。宣長によれば、法師は「もののあはれ知らぬもの」とみ見なされることが多いけれども、実はそのように見える行為こそ、「長きよの闇にまどはむことを、あはれみてのをしへなれば、其道よりいへば、まことは物のあはれを深くしれる」(「玉の御櫛」二の巻『本居宣長全集』(四)筑摩書房))ものなのだという。となると阿闍梨の無情な措置も、結局表面的な「あはれ」を超え、救いを求めるためのより深い「あはれ」を目指すものでもあったか。ともあれ阿闍梨は、『往生要集』に密着しつつ、八の宮の救いを目指した「法の師」にほかならない存在であった。

三 「常不軽」へ

八の宮の死後、阿闍梨は残された姫君たちに「沢の芹、蕨など」(椎本二一三頁)を贈ったり、また姉大君さえ喪った中の君に「初蕨」(早蕨(五)三四六頁)と共に慰めの歌を贈ったりする姿をなお点描されるのだが、ここに一つ、八の宮の救いをめぐって注目される阿闍梨登場場面が浮かび上がる。総角の巻の大君の重い病の床を描くその場面に目を転じたい。

不断経の暁方のゐかはりたる声のいと尊きに、阿闍梨も夜居にさぶらひてねぶりたる、うちおどろきて陀羅尼読む。老いかれにたれど、いと功づきて頼もしう聞こゆ。「いかが今宵はおはしましつらむ」など聞こゆるついでに、故宮の御ことなど聞こえ出でて、鼻しばしばうちかみて、「いかなる所におはしますらむ。さりとも涼しき方にぞと思ひやりたてまつるを、先つころ夢になむ見えおはしましし。……」（総角（五）三二〇頁）

阿闍梨は、また「いと功づきて」陀羅尼をよむ密教系の僧侶である。大君の病はいよいよ篤く、薫の懸命な看護の意を汲んで、彼は一心に修法につとめた。ところが、その折も折、彼は思いがけないことを語り始める。八の宮が救いを得られずに、迷っておられるらしく、夢に姿を現されたというのである。

「世の中を深う厭ひ離れしかば、心とまることなかりしを、いささかうち思ひしことに乱れてなん、ただしばし願ひの所を隔たれるを思ふなん、いと悔しき」との、八の宮の言葉は、その生前繰り返し「げに世を離れん際の絆なりけれ」（橋姫一五九頁）などと語った姫君への執着、父性愛故のその将来への不安から、往生が適わなかった事実を明かすものと言える。八の宮は、俗世を「深う厭ひ離れ」る道心の一方で、「亡からむ後」（椎本一七九頁）の姫君たちの行く末に心を痛め、薫に「思ひ棄てぬものに数まへたまへ」と頼みつつ、姫君たちには「さる方に絶え籠り」（同一八五頁）宇治でその生を誇り高く終えるようにと、言い聞かせた。道心と「あはれ」との相剋、葛藤は、こうした引き裂かれた言動をもたらすまでに切なく、深いものであったということでもあろう。失われた自らの矜持を、仏道の世界に取り戻そうとした八の宮が、姫君たちの矜持の行く末をも深く案じ、執着したのは当然のことであった。

俗世よりの疎外から仏道に傾斜し、さらに姫君たちの行く末に心痛した八の宮。現世への執着を重く抱えながら、けれどその裏返しのように、彼はこの世を「厭ひ離れ」る教理を求め、蓮の花香る極楽浄土を夢見、仏を観想した。しかしそうした行為は、結局彼に救いを与えなかったらしい、ということになる。

先に辿ってきたように、阿闍梨の導きの許になされてきた天台浄土教的な修道、特に『往生要集』の色濃い影の見える八の宮の道心生活は、このようなかたちで八の宮が、実は成仏できず、中有に迷っている（「宮の夢に見えたまひけむさま思しあはするに、かう心苦しき御ありさまどもを、天翔りてもいかに見たまふらむ」（総角三二二頁）という薫の言葉からみても、八の宮は中有に迷っていると考えられる）ことが明らかにされることによって、疑問をうち出されたとみることができる。観相念仏を中心とする往時の天台浄土教の修行は、極楽浄土を夢見る、という意味である種の美的享楽の匂いを伴う。そのはかない観想をめぐる修道で、如何に身も細ろうとも、救いはもたらされなかったのである。『往生要集』の世界は、このようなかたちで作者の批判に晒された。肉親の愛、現世への執着、さまざまな「あはれ」をも包み込み、なお超えたかたちで救いを求めることはできないか。横川の僧都の担わされた問題はその辺りにも問われるものであろう。

ところで、当の阿闍梨が、八の宮の往生、その行方を心遣い、遺された姫君達にそれを語っていることは、また教理的な視座からすれば、殆ど当然のあり方なのであった。

往生の想、花台の聖衆の来りて迎接するの想を作せ。病人、もし前境を見れば、即ち看病人に向けて説け。既に説くを聞き已らば、即ち説に依りて録記せよ。また病人、もし語ることあたはずは、看病して、必ずすべからくしばしば病人に問ふべし、いかなる境界を見たると。もし罪相を説かば、傍の人、即ち為に念仏して、助けて同じく懺悔し、必ず罪をして滅せしめよ。もし罪を滅することを得て、花台の聖衆、念に応じて現前せば、前に准じて抄記せよ。

（『往生要集』二〇七頁）

先にも触れたように臨終の病人の傍にある「法の友」の役割は重い。「法の友」は、病人から何を見たかを聞き出し、往生の有無を判別し、その折病人が「罪相」を語るなら、彼は念仏し懺悔してその罪を消すべく勧めねばならないのだ。『往生要集』に説かれる「法の友」の重さが、実はこうしたところにあったことに注目したい。

また、『二十五三昧式　表白』には、次のような記述がある。

……若《シ》適《ヒ》有《ハ》下往二生《スル》極楽《ニ》一者《ノ》上。依《リ》二自《ノ》願力《ニ》一。依《テ》二仏《ノ》神力《ニ》一。若《ハ》夢《ニ》若覚《ニモ》。示《シ》二結縁《ノ》人一。若堕《ナハ》二悪道一。亦以示《シ》レ此《ヲ》。……

（本文は『恵心僧都全集』（一）思文閣による）

結縁衆に対し、往生し得たか否かを、「夢」もしくは「覚」に知らせることは、命終えた人の一つの務めとして規定されている。『往生要集』の表すところに、そのことを加えて考えてみると、阿闍梨の夢に八の宮が姿を現し、一方阿闍梨が八の宮の行方を心遣うのは当然と言わねばならない。それぞれ、最も大切な、命終えた者の、あるいは法の友・法の師の務めなのだから。そして、八の宮の往生がどうやら適わなかったことが知らされる時、阿闍梨は法の師、法の友としてできる限りのことをして、その罪を拭おうとする。

たちまちに仕うまつるべきことのおぼえはべらねば、たへたるに従ひて行ひしはべる法師ばら五六人して、なにがしの念仏なん仕うまつらせはべる。さては思ひたまへ得たることはべりて、常不軽をなむつかせはべる。

（総角（五）三二〇～三二一頁）

「なにがしの念仏」、即ち追善供養のための称名念仏(8)と、常不軽と。阿闍梨の思いついた供養方法はそのようなものであった。常不軽とは何か。

『われ深く汝等を敬う。敢えて軽め慢らず。所以は何ん。汝等は皆菩薩の道を行じて、当に仏と作ることを得べければなり』と。しかも、この比丘は専ら経典を読誦するにはあらずして、但、礼拝を行ずるのみなり。乃至、遠くに四衆を見ても、亦復、故らに往きて礼拝し讃歎して、この言を作せり。『われ敢えて汝等を軽しめず。汝等は皆当に仏と作るべきが故なり』と。……

（岩波文庫『法華経』常不軽品　一三二～一三三頁）

打たれ、石を投げられながら、あらゆる人々の前にぬかずき、「われ敢えて汝等を軽しめず。汝等は皆当に仏と作るべきが故なり」と語る行為を繰り返すのが、常不軽菩薩であった。前世の釈尊その人の姿であったという。「常不軽をつく」とは、この常不軽品に由来する行為にほかならない。

この常不軽、そのわたりの里々、京まで歩きけるを、暁の嵐にわびて、阿闍梨のさぶらふあたりを尋ねて、中門のもとにゐて、いと尊くつく。回向の末つ方の心ばえいとあはれなり。

（総角三二一頁）

物語には、かなり具体的な常不軽の叙述が見える。丸山キヨ子氏によれば、紫式部の宗教的教養は園城寺阿闍梨である兄（弟）定暹を通して養われたものであり、その園城寺に深い関係を持つ無動寺の回峯行と言われるものが、慈覚大師五台山巡礼に示唆を得た『法華経』常不軽菩薩品に基づく行法だという(9)。身近なところで回峯行に心惹かれた具体的な体験が、あるいは「回向の末つ方の心ばへいとあはれなり」という辺りに、さりげなく織り込まれているのでもあろうか。

ところで平安朝の人々は常不軽品をどう受け止めていたのだったか。『法華経』をめぐる釈教歌などを辿っても、特に不軽品についての歌が多いということもない。またそれらの歌の中に何か共通の受け止め方を見るのも困難というほかない。けれどもあえてここで次の二つの資料を示しておきたいと思う。その二つの中には少なくとも常不軽品に対する共通した反応の仕方が垣間見える。

○……何必剃レ髪入ニ山林、経生新ニ讃歎之徳一耶、不レ知下出ニ此和歌之道一入中彼阿字之門上矣、唯願若有ニ見聞者一、生々世々、與レ妾値遇□(仰カ)ニ多宝如来之願一、定有ニ誹謗一者、在々所々與レ妾結縁、同ニ不軽菩薩之行一、一心至宝三宝捨レ諸、……

(『発心和歌集』序　本文は『釈教歌詠全集』東方出版による)

○不軽大士の構へには、逃るゝ人こそ無かりけれ、誹る縁をも縁として、終には仏に成したまふ

(岩波日本古典文学大系『梁塵秘抄』)

寛弘九年八月、選子内親王の手に成った『発心和歌集』の序において、仏道に非常に造詣深か

ったという内親王は、「定て誹謗するものあらば」と関連付ける文脈に常不軽を出している。仏道の普遍的な慈悲の姿を本質的に捉えた深い理解として、筑土鈴寛によって評価されるところでもあった[10]。また、少し時代は下るけれども、『梁塵秘抄』に載せられた不軽品をめぐる四首の中の一首にも、「誹る」という言葉が含まれている。共々、誹る、とか誹謗するとかいうことが問題として受け止められているのは、何を意味しようか。侮り、誹るという否定的な行為をものともせず、かえってそれを乗り越えて救いに導くという、仏道の慈悲の一つの積極的な在り方、つまり常不軽品の本来担う一つの積極性を、当時の人々もまた、そこに重く受け止めていた可能性を見出すことができるのではないか。

確かに、応和宗論の際も、良源に天台の教理の支えとして持ち出され、あるいはしばしば和歌等にもそれに因んだ作品を見出すことができるという方便品による「若有聞法者　無一不成仏」という言葉にも増して[11]「我不敢軽於汝等。汝等皆當作仏故」と唱えつつ、侮られ打たれながら、まさにその侮る人々のために救いを説く常不軽菩薩の姿とその言葉は、救いへの積極的な営みを思わせる。先に触れた二つの資料に見る受け止め方は、決して偶然ではあるまい。『源氏物語』の作者もまた、そのような受け止め方の時代の流れの中に生を得た者である。しかも、何らかのかたちでほかならぬ常不軽品にその源を発した回峯行に触れていたとすれば、作者紫式部にとっての不軽品——その担い持つ積極性——には、修行としての一つの生き生きとしたかたちが与えられたことになる。

作者がここに常不軽を持ち出したことの意味は自ずから明らかではないか。それはおそらく、最も無難な供養方法[12]として選ばれたのでもなければ、八の宮の増上慢の対応策[13]として選ばれたものでもない。『往生要集』的な修道によって終に救いを得られなかった八の宮に対して、法の師たる阿闍梨が、その反省、対策を常不軽に選び取ることによって、常不軽をめぐるその信仰の在り方の積極性を評価する構図なのである。このようなかたちで、一方に、より積極的な営みを対置することで、天台浄土教の観想業に対する懐疑が示されたと考えられよう。

ただし近年佐藤勢紀子により鋭く指摘された[14]ように、『源氏物語』の中には常不軽品をめぐる「誹る」行為への言及はない。氏の論はそこから「回向の末つ方」を「汝等皆行菩薩道。当得作仏」を指すものとし、その源となった常不軽品の教旨を「在家菩薩」の成仏に読み取り、だからこそ在家の「聖」だった八の宮の救いのために選び取られた常不軽行だったとする。『源氏物語』作者が、『梁塵秘抄』などに重ねられる「誹る」行為を乗り越える常不軽菩薩の在り方に注目していたのかどうかは、確かに定かではないけれど、説かれるように「在家菩薩」の成仏に繋がる「汝等皆行菩薩道。当得作仏」の条に込められた積極性は、なお見逃すことはできないのではないか。

静かに浄土を観相する営みは、限りない美しさとともに、まことの救いに到達することの困難を予想させる。観相の限りを尽くしても、澄み切ったまなざしを得ることには遠いのが、人の常というものではなかったか。その時、「汝等皆行菩薩道。当得作仏」の言葉はある力を積極的に与えるものとして思い起こされるはずである。だからこそその言葉を中核とする常不軽品に基づく常不軽行が、「回向」のために選び取られたのではなかったか。時代の仏教の在り方への懐疑がそこにほの見えてこよう。

四　浮舟――出家への道程

さてここで『源氏物語』の最後の女主人公、浮舟の物語に目を転じたい。貴種・八の宮の血を受けながら東国に生い育った女君が、薫と匂宮との恋の狭間での苦悩の果てに入水を選び取り、けれど救われて出家するという浮舟の物語[15]は、入水までの経緯を描く前半と、出家をめぐる後半とに大きく二分される。まず前半の物語に浮舟はどう刻まれたか。

見し人の形代ならば身にそへて恋しき瀬々のなでものにせむ

と、例の、戯れに言ひなして、紛らはしたまふ。

「みそぎ河瀬々にいださんなでものを身に添ふかげとたれか頼まん

引く手あまたに、とかや。いとほしくぞはべるや」とのたまへば、……

（東屋（六）五三頁）

浮舟の母・中将の君は召人（主人と情交関係を持つ女房）として八の宮からかりそめの情を受け、娘、浮舟を産んだものの、後、顧みられぬままに常陸介に再縁、ところが心を砕いていた浮舟の縁談を夫に妨害され、不憫さのあまり浮舟をしばらく異母姉、中の君に預ける展開となる。はじめて会う妹の、姉、大君を彷彿させる容姿を前に、「かの人形（身代わり）求めたまふ人に見せたてまつらばや」（五〇頁）と、思いを新たにする中の君に、折しも薫の来訪が告げられる。熱い思いを抱き続けた亡き大君の面影を、今は中の君に見出して思慕を募らせる薫。匂宮の妻、中の君は、その厄介な薫の思慕を浮舟に肩代わりさせることで逃れようとしている。右の贈答は、その薫に浮舟の来合わせたことを告げる言葉に続いて引き出されたものだった。「形代」、川に流す「なでもの」（祓に用い、身体を撫で汚れを移して水に流す人形）の語の繰り返しに、入水を図る浮舟その人の運命が暗々と紡ぎ出される仕組みを確認したい。

そもそも浮舟が物語に導かれたのは、宿木の巻での薫の言葉「昔おぼゆる人形＝生前を思い出させる大君の像」に呼応しつつ、それに「人形＝禊や祈禱の際に使う形代」の意味をずらし重ねた上での中の君の言葉に拠っている。「人形のついでに」思い起こされたのが、浮舟その人なのであった。「いとほしくぞはべるや」など、「なでもの」の語のもたらす暗示のまがまがしさを、しきりに懸念する姉としての心遣いを示すようでありながら、逆に不吉さを承知でその語によってほかならぬ妹を話題にする、無意識の距離の取り方にまつわるある種の酷薄さは拭いようもない。それはまた薫の懸想の肩代わりを求める中の君の思惑の示す、異母妹への酷薄な向き合い方とも繋がっている。中の君のその意味での身勝手な思惑を負いつつ、浮舟は手繰り寄せられようとしている。一方それは、中の君以上の非情なエゴによってともあれ大君の身代わりを求める薫の思惑にぴたりと呼応することで、やがて浮舟を表に引き出す力となった。

つまり浮舟は、中の君、薫の対話から導かれ、さらに東屋の巻に至り、自ら八の宮の召人として生きた悲痛な体験を踏まえる母、中将の君が娘の幸福を遮二無二願い、そして中の君に娘を預ける、といった動きの中からその像を結ぶ固有の様相をみせる。噂話、垣間見、そして中将の君をめぐる動き、という外側の情報の中から、水のように透明な、一人のあえかな女君が浮かび上がる。その過程で、はからずも浮舟は姉のことばにより、「なでもの」の運命を担うことを露にした。

罪を負って流されるもの、という。浮舟の罪とは、もとより二人の男君の狭間での愛執の罪である。薫の恋人として宇治に据えられた浮舟の許に、薫を装い匂宮が忍び入ったのは、浮舟の巻の春の一夜である。中の君の許に預けられていたその人に目を止めて以来、恋着を募らせた匂宮が、正月、妻宛てに宇治から届けられた手紙により、はからずも居所を知ってのことだった。浮舟を大君の身代わりとしか見ない薫に滲むはかとない冷たさに引き比べ、匂宮の情熱の色めかしい高揚はどうだろう。浮舟は官能のとりことなる。二人の仲はやがて薫の知るところとなり、その人への戦き、また変わらぬ誠実への信頼と、匂宮の情熱との間で浮舟の懊悩は深まる。生田川、また真間手児奈伝説などの、二人の男の愛の狭間で進退谷まり女が死を選ぶという話型を踏まえつつ、その愛執の罪は彼女に入水を決意させた。

密事露見の痛みと、二人の男君の間に引き裂かれる心を抱き締めながら、母や女房たちの語らいを言葉もなく「聞き臥」(16)す浮舟の耳に、折からの春の長雨に水嵩を増した宇治川の「水の音」の恐ろしげな響きが届く。滔々たるその川音の傍らで、御手洗川での「禊」さえ必須の我が身を、このまま「行く方も知ら」ぬ（浮舟一六八頁）様に……、とその人は「なでもの」の運命を引き受ける言葉を紡ぐ。

入水を決意した浮舟の許に届いたのが、「寝ぬる夜の夢に、いと騒がしくて見えたまひつれば、誦経所どころせさせなどしはべるを、やがて、その夢の後、寝られざりつるけにや、ただ今昼寝してはべる夢に、人の忌むといふことなん見えたまひつれば、おどろきながら奉る。……」（浮舟一九四～一九五頁）という母の手紙であった。その後の浮舟の入水の予兆として機能するこの母中将の君の夢は、『過去現在因果経』に語られる釈尊出家の予兆としての那輪陀羅の悪夢と重ねられるという。(17)浮舟の入水に至る道程にも、仏伝の影がさまざまに落とされているのであろうか。もとよりその入水は結局未遂に終わり、横川の僧都により救出されたことが手習の巻に明かされる。

五　浮舟の出家

こうして外側の情報の中から次第に透明な像を浮かび上がらせ、「浮舟」さながらに、二人の男君の間を漂っていたあえかな女君が、苦悩の果てに出家することで、新たに自己を取り戻し、救済を得た、との読みがこれまでしばしば説かれてきた図式である。先に触れた『過去現在因果経』の釈尊出家の条と、浮舟出家のそれは、白浄王と妹尼、浄居天王・諸天と横川の僧都等、人物関係まで対応することも説かれている。(18)もとより出家という大きな行為を成し遂げた浮舟の在り方の重さは揺るぎのないものであろう。

けれども僧都に命を助けられた女君の小野の地での出家生活は、本当に救済に結びつくものなのかどうか。釈尊出家の物語と重なりつつ、一方でそれとは異なる浮舟固有の様が描かれるのもまた事実と言うほかない。浮舟出家の様相を改めて顧みることにしよう。

尼になしたまひてよ。さてのみなん生くやうもあるべき。　（手習（六）二九八頁）

というのが、看護に余念のない横川僧都の妹尼に、浮舟が弱々しい息の下から漏らした「夜、この川に落し入れたまひてよ（死なせてほしい）」との願いに次いで、ようやく快方に向かった時示された訴えであった。つまり浮舟は、まず死を指向し、それが適えられなかった時に、次いで出家を願う、という道筋が辿られる。「世」を逃れるために死を求め、第二の段階として出家を指向する図式である。確かに平安時代、死と出家とは隣り合わせのものだった。重い病のうちに出家し、僅か数日後に死を迎える関白・道隆（『小右記』、『日本紀略』長徳元年四月の条）や、東三条女院（『日本紀略』長保三年閏十二月の条）などの姿を、記録に辿ることができる。その意味での往時の死と出家との緊密な関係を負って発願した浮舟は、それでいながら病の癒えた時、必ずしも仏道のみに心を寄せる人として、その静謐な心情を刻まれているわけではない。「月の明き夜」のもの思いは、いつか捨てたはずの現世の縁に戻り、「ただ、親いかにまどひたまひけん、乳母、よろづに、いかで人並々なさむと思ひ焦られしを、いかにあへなき心地しけん、……」（手習三〇三頁）などと、母や乳母に思いを致し、あるいは乳母子「右近」を懐かしむ世俗への未練が描き込まれている。一方、失った娘の身代わりに浮舟を慈しむ妹尼の許に、折しも訪れたのは、亡き娘の婿・中将という風流貴公子だったが、その姿を遠くほのかに見た時、「忍びやかにておはせし人」（薫か）の気配は浮舟の胸にふと蘇る思いでもあった。また「はかなくて世にふる川のうき瀬にはたづねもゆかじ二本の杉」（同三二四頁）の浮舟詠に、「『二本』とは、きっと忘れ得ぬ恋のお相手がおいでなのでしょうね」と妹尼が戯れると、言い当てられた辛さは浮舟の胸に痛い。こうして過去を見果て、捨て去ったとはなお言い切れぬ状況にあった女君を、更に直接出家に導く契機となったものが、中将その人の懸想にほかならない。

尼君訪問の折、「風の騒がしかりつる紛れ」（同三〇八頁）にふと垣間見た浮舟の美しい姿は、中将の心を捉え、以後彼は折にふれ小野を訪れ、女君に歌を贈る展開となる。「萩の葉に劣らぬほどほど」（同三三二頁）に重ねられる彼の訪れ、便りを目にするにつけ、思い出されるのは「人の心はあながちなるものなりけり」と、男心の一途さを否応無く思い知らされた、匂宮との恋の苦渋であって、浮舟はとても中将の思いを受け入れる気にはなれない。その時、「なほかかる筋（恋、懸想といった方面）のこと、人にも思ひ放たすべきさまにとくなしたまひてよ」と、愛憎を脱する境涯、出家への切願が、反芻されるのである。もはやこれは、例えば彼女にとって生きることの意味のすべてであった光源氏との関係を、女三の宮降嫁により底から揺るがされることで、「この世はかばかり」と見果ててしまった、紫の上の場合の出家願望とは異質だと言わねばなるまい。浮舟の出家の願いは、「世」を「かばかり」と見果てたところに発するものであるより、「世」をめぐっての生身の人間の苦悩を抱え、なお揺れ動くただ中に、だからこそすがりつく思いで、そこからの逃避を希求するところに根差すものにほかならない。死の願いに次いでの出家願望、という在り方にも自ずから整合しよう。

「世」を見果て、異なる次元に後の生の証を求める紫の上の出家願望は、結局源氏の同意を得られぬままに成就されず、死と隣り合わせに出家を求めた浮舟の願いは適えられた。浮舟は、紫の上の遂に果たさなかった出家を、苦しい体験をくぐり抜けることで成し遂げたのだと、単純に見切ることはおそらくできまい。紫の上の不出家と、浮舟の出家と、作者の出家観はある種の皮肉《アイロニー》を帯びているようにも思われる。

蘇生後なお昔を偲びながらも、一方出家を念じ中将の懸想によりその意思を固めた浮舟に、やがてその成就の日がやってくる。日ごとに思慕を募らせた中将が、妹尼の留守を知って庵室を訪問、浮舟はようやく老いた僧都の母尼の部屋に逃れ、そこでの恐怖の一夜を経て、折からの横川僧都の下山を待って出家を遂げることを決意、その懇願に僧都もやむなく若い浮舟の髪を下ろす仕儀となった。中将の懸想が、終にそこまで浮舟を追い詰めたというほかない。

六　「あはれ」の世界の相対化

一方、中将の挿話により、浮舟の出家が進められるまさしくその道程に、物語は今一つの問題を掘り起こしている。かつて物語に絶対の位置を占めていた「あはれ」の世界を、私どもの目の前に相対化してみせることと結論的に述べておこう。浮舟を出家へと追い詰める中将の一挿話が、取りも直さず一方、中将をめぐる作者の目、中将の描き方において、新たに「あはれ」の世界の相対化を推し進める過程そのものとなる、この二重構造についてしばらく辿りみたい。

そもそも亡妻の母である妹尼に「山籠もり」の生活を羨んでみせた時、妹尼は、おそらく当時の美的法悦の浄土教憧憬を背後にしたと思われる、中将の趣味的色彩を帯びた道心を「今様だちたる御ものまねび」(手習三〇六頁)と、一瞬ぴしりと相対化してみせたのだった。道心の趣味性を相対化する作者の目がさらに浮舟との関係を辿り出す時、中将の戯画性はいっそう際立ったものになる。苦渋に満ちた体験を抱えて沈黙する浮舟の姿を、ただ美しいとのみ垣間見た中将は、尼君に次のように訴える。

「心苦しきさまにてものしたまふと聞きはべりし人の御上なん、残りゆかしくはべる。何ごとも心にかなはぬ心地のみしはべれば、山住みもしはべらまほしき心ありながら、ゆるいたまふまじき人々に、思ひ障りてなむ過ぐしはべる。世に心地よげなる人の上は、かく屈したる人の心からにや、ふさはしからずなん。もの思ひたまふらん人に、思ふことを聞こえばや」など、いと心とどめたるさまに語らひたまふ。（手習三一四頁）

訴えは、まことにまじめで真剣である。いや深刻でさえあるのだ。「山住みもしはべらまほしき心」さえあるわが身は、楽天家の妻には明かしようもないもの思いに屈している。それ故、「もの思ひたまふらん」浮舟にこそ、わが思いを語りたいのだと。けれども、物語には依然として、それどころか実は最後まで、何故に彼がもの思い、山住みに憧れるのか語られない。道心を負う、という意味での薫の雛形、中将の矮小性は、この点に関わってこようか。

死を超えての苦しみを胸に、浮舟が出家を念じ、男君に返歌を勧める妹尼に対し、「人にもの聞こゆらん方も知らず、何ごとも言ふかひなくのみこそ」（同三一五頁）と、拒否の姿勢を固める時、対する中将が、「『いづら。あなこころ憂。秋を契れるは、すかしたまふにこそありけれ』など、恨みつつ、松虫のこゑをたづねて来つれどもまた荻原の露にまどひぬ」などと歌を詠み、風流であればあるほど、その行為は空転の感を免れない。中将の深刻な言葉は、苦悩の中にある浮舟のひたすらな孤独の前に空転し、自ずからその趣味的道心の戯画性は露となり、また道心に結び付くまでの遁世観を担ったはずの男君の、「あはれ」の行為ははかとなく悲壮に滑稽味をさえ帯びてくると考えられる。

……中将は、おほかたもの思はしきことのあるにや、いといたううち嘆きつつ、忍びやかに笛を吹き鳴らして、「鹿の鳴く音に」など独りごつけはひ、まことに心地なくはあるまじ。「過ぎにし方の思ひ出でらるるにも、なかなか心づくしに、今はじめてあはれと思すべき人、はた、難げなければ、見えぬ山路にも、え思ひなすまじうなん」と恨めしげにて出でたまひなむとするに、……（手習三一七〜三一八頁）

「鹿の鳴く大音に」とか「見えぬ山路」とかいう表現には、それぞれ山里の侘しさを歌い、あるいは世の憂いを耐えかね避けて分け入る山路の寂しさを語る古歌が踏まえられている。[19]「ひたぶるに亡きものと人に見聞き棄てられてもやみなばや」と思い臥す浮舟の心情の切実さこそが、「鹿の鳴く音に」等の中将の言葉にふさわしいものであることは、既に玉上琢弥の指摘にも見える。[20]ところが、言葉に訴えるすべもなく沈黙する苦しみの深さの一方で、ほかならぬ中将が、例の気取った言いぶり、道心深げなもの言いの中に懸想を語る時、彼のもの思いの戯画性は際やかだ。もの思いが、いわゆる「あはれ」な心情として中将自身に受け止められ、

「あはれ」に満ちた表現で描出されることにより、現実の苦悩の中に漂う浮舟との断絶は浮かび上がる。そのことにより結果として「あはれ」が色を失い相対化されるという構造を、場面は如実に物語っていると言える。そして同時に「憂き身」を抱き締め、中将を前に若やぎ浮き立つ尼達の間で不安に戦く浮舟が、「ひたぶるに亡きものと人に見聞き棄てられてもやみなばや」と出家への途を進まざるをえないところに追われるのでもあった。こうした状況は、さらに「山里の秋の夜ふかきあはれをもの思ふ人は思ひこそ知れ」（同三二八頁）と心の「通ひ」を呼びかける中将への、「うきものと思ひも知らですぐす身をもの思ふ人と人は知りけり」とつき放す浮舟の返歌の皮肉、あるいはまた出家後もなお「はらからと思しなせ。はかなき世の物語なども聞こえて、慰めむ」（同三五三〜三五四頁）と親しみを求める中将に対し、「心深からむ御物語など、聞きわくべくもあらぬこそ口惜しけれ」とにべもなく答える浮舟、といった具合に最後まで一貫し、「棄ててし世をぞさらに棄て」た、つまり一度棄てた世をさらに棄てる行為としての浮舟出家の孤絶した厳しさの一方で、現実的苦悩を持たぬ者のお手軽な宗教的傾斜ともいうべきものが、徹底的な戯画化の波に晒される。

光源氏をめぐって、あるいは薫をめぐって、美しくはかなく展開されてきた恋の道程、その「あはれ」の行為は、中将の場合なんと色褪せてみえることか。色褪せて悲壮な滑稽味をさえ帯びて映るのは、言うまでもなく一方に浮舟の苦しみを担った孤絶が対置されているからである。このような浮舟に対する男君として、光輝ある「あはれ」に満たされた存在が果たして可能であろうか。中将の戯画化は必然である。故知らぬもの思いに心を塞がれて、道心をかき立てられつつ、美しい姫君への恋を抱くという在り方において、薫をそのまま受け継ぐ中将ではあった。そのことにこそ物語の文脈の意味がある。即ち、述べてきたような構図の中に、輝きを失い、矮小化され戯画化された中将の、まさしくその「描かれ方」の故に、薫が物語に再登場し、浮舟に何らかの関わりを持つ、どのような物語展開の方法があると言えるだろうか。物語は、終焉に近づいているというほかはない。そして同時に、「あはれ」の世界の無慙な相対化のなされた今、浮舟には出家以外の道は選び得ない、と言い得る。中将の挿話によって、二重の意味——懸想そのものにより追い詰められるという必然と、「あはれ」の世界の相対化というもう一つの文脈的必然と——で、浮舟の出家は導かれたと考えられる。

出家後の浮舟は、「すこしはればれしうなりて、尼君とはかなく戯れもしかはし、碁打ちなどしてぞ明かし暮らしたまふ」（三五四頁）と、確かに一面心静かな日々を照らし出されている。けれども、一方でなお「『君にぞまどふ』とのたまひし人は、心憂しと思ひはてにたれど、なほそのをりなどのことは忘れず、……」、あるいは、「袖ふれし人こそ見えね花の香のそれかとにほふ春のあけぼの」とかつての恋人たちの面影を忘れ得ぬ心情の揺れがなお記され続けるのであった。だからこそ、月日の過ぎゆくままに、昔のことのかく思ひ忘れぬも、今は何にすべきことぞと心憂ければ、阿弥陀仏に思ひ紛らはして、いとどものも言はでゐたり。（夢浮橋（六）三八三頁）

と、なおいっそう阿弥陀仏にすがり、過去への思いを紛らわせようとする浮舟の姿が捉えられるのでもあった。出家は、それへの道程からも、またその後の心情からも、浮舟の宗教的救済を必ずしも意味していないことがもはや自明であろう。二人の男君の間をはかなく行きつ戻りつした「浮舟」は、「人形」としての入水後、なお此岸と彼岸との間を揺れ、惑い続ける。出家と救済は、『源氏物語』においてはむしろ遥かに距離を隔てたものにほかなるまい。

一方、物語の最後の砦としての「あはれ」は既に相対化された。出家というかたちでの究極的な仏道への関わり方が、にもかかわらず救いを彼方にし、「あはれ」の世界の相対化が、その道程にまざまざ具現する時、物語は抜け道のない袋小路に行き着いてしまったと述べるほかはない。既にさまざまにそれをめぐって述べられているような、「かぐや姫を見つけたりけん竹取の翁よりもめづらしき心地するに、……」（手習三〇〇頁）等の浮舟をめぐる『竹取物語』引用[21]もまた、この場合象徴的であるように思われる。贖罪、出家（昇天）という枠取りの相似を、幾度も『竹取物語』を引くことにより、余りにも露に晒したことは、かえって『源氏物語』における、かぐや姫、浮舟の、かぐや姫ならぬ在り方、即ち昇天、救済の世界に抱き取られる事なく、混沌の闇の中に生きる姿をこそ重く画定する趣を、むしろ窺わせてはいまいか。「物語の出で来はじめの親」(絵合(二)三八〇頁)である『竹取物語』を、ほかにありようのない物語終末に繰り返し呼び込むことで、「物語」の円環を閉ざすかのように、まさしく「物語」の歴史を生きた『源氏物語』は終焉を迎えた。浮舟の生存をはからずも知ってなお執心する薫と、その薫からの手紙を前に泣き臥す浮舟。切り取られた生の断片の語る闇は深々と冥《くら》い。

七　『紫式部日記』の求道への思い――「おわりに」に代えて

『往生要集』の導きの許での修行の果て、救われない姿を阿闍梨の夢に晒した八の宮の供養のために、阿闍梨が選び取った常不軽行に込められた、往時の観相を中心とする仏道への疑問、そしてまた浮舟の出家と、にもかかわらぬ救済との距離とは、何を語るのであろうか。ここでしばらく『紫式部日記』の求道の思いを伝える箇所に目を向けてみたい。

いかに、いまは言忌みしはべらじ。人、といふもかくいふとも、ただ阿弥陀仏にたゆみなく経をならひはべらむ。世のいとはしきことは、すべて露ばかり心もとまらずなりにてはべれば、聖にならむに、懈怠すべうもはべらず。ただひたみちにそむきても、雲に乗らぬほどのたゆたふべきやうなむはべるべかなる。それにやすらひはべるなり。

（新潮古典集成『紫式部日記』九八～九九頁）

ただもう今は、ひたすら阿弥陀仏に帰依し、出家し、一心に聖のような生活を送るばかり……、俗世に何の未練もない、と述べておいて、けれど物語作者の残した日記は改めてためらいを示す。「雲に乗らぬほどのたゆたふべきやうなむはべるべかなる」とは、何を意味する言葉なのか。「聖衆来迎の雲に乗らないうちは気持がぐらつくことがありそうです」（古典集成）といった解釈が通説と言えようが、丸山キヨ子氏はそれぞれの語の詳細な検討を踏まえ、次のようにまとめられた[22]。「ただもう一途に出家したところで、必ずしも来迎の雲に乗ることが出来るとは限らない。往生出来ぬ迷える魂として、この世に漂っていなければならないようなこともあると思われる。それで出家も決行しかねているのだ」と。

出家したとしても「雲に乗らぬ」、つまり聖衆来迎の雲に乗るまでに惑いが生じるのではないか、とそのことが気掛かりでなお出家しかねる、という通行の読み以上に、丸山説は「迷える魂」の真摯な苦悩を主張する趣である。いずれにもせよ、このためらい、惑い、「迷える魂」苦悩の中にこそ、作者・紫式部の、往時の仏教、天台浄土教に対するある種の疑問、問題提起が込められているのではなかったか。たとえ出家したとしても、本当の救済に繋がるのだろうか、という惑いの中に生き泥み、けれど阿弥陀仏により頼む作者の姿に重なるように、阿弥陀仏にすがる浮舟のはかない境涯が浮かび上がるのは偶然であるまい。

『源氏物語』作者は八の宮をめぐる常不軽行、そして浮舟出家を描く中に、時代の仏教への重い問いかけを封じ込めたのだった。それは『歎異抄』の世界、鎌倉仏教[23]へと遙かに繋がる、時代に先駆ける魂の微かにも熱い希求を伝えるものであった。

注

(1) 岡崎義恵「光源氏の道心」『源氏物語の美』(一九六〇年　宝文館)

(2)「聖」とは、本来教団の外で民衆の布教に携わっている僧のことを指す。(井上光貞『日本浄土教成立史の研究』一九五六年　山川出版社　新訂版一九七五年)二二二頁。なお阿闍梨と八の宮をめぐる問題に関しては、拙稿「宇治の阿闍梨と八の宮」『源氏物語の人物と表現』(翰林書房　二〇〇三年)参照。

(3) 淵江文也「源氏物語に現れたる浄土教思想雑攷」『源氏物語の思想攷説』(一九五五年　文教書院)

(4) 丸山キヨ子「源氏物語と往生要集」『源氏物語の仏教』(一九八五年　創文社)

(5) 秋山虔「八宮と薫君」『日本文学』(一九五六年九月)

(6)(5)に同じ。

（7）「源氏物語と往生要集」『源氏物語と仏教思想』（一九七二年　笠間書院）
（8）重松信弘『源氏物語の仏教思想』（一九六七年　平楽寺書店）一三九頁、玉上啄弥『源氏物語評釈』（一〇）（一九六七年　角川書店）四九四頁。
（9）「源氏物語における仏教的要素—紫式部と定暹—」（4）の書参照。
（10）『宗教芸文の研究』「（一九四九年　中央公論社）二六〇頁。
（11）名畑崇「平安朝時代の法華経信仰」『大谷学報』（一九六四年一一月）
（12）深沢三千男「宇治大君像形成の核心」『源氏物語の形成』（一九七二年　桜楓社）
（13）玉上琢弥『源氏物語評釈』（一〇）四九五頁。
（14）「不軽行はなぜ行われたか」『日本文学』（二〇〇八年五月）
（15）浮舟の物語に関しては、拙稿「「あはれ」の世界の相対化と浮舟の物語」（2）の書参照。
（16）橋本ゆかり「抗う浮舟物語」『源氏物語の〈記憶〉』（二〇〇八年　翰林書房）など。
（17）久保堅一「浮舟の物語と仏伝」『日本文学』二〇〇八年六月）
（18）三角洋一「浮舟の出家と『過去現在因果経』」『源氏物語へ　源氏物語から』（二〇〇七年　笠間書院）、同「浮舟の出家と過去現在因果経・続」『源氏物語と仏教・神道・陰陽道』（二〇〇七年　竹林舎）
（19）「山里は秋こそことにわびしけれ鹿の鳴く音に目をさましつつ」（『古今集』壬生忠岑）「世の憂きめ見えぬ山路へ入らむには思ふ人こそ絆なりけれ」（同、物部良名）。
（20）『源氏物語評釈』（一一）（一九六八年　角川書店）
（21）伊藤博「死なぬ薬、死ぬる薬—竹取と源氏—」『国語と国文学』（一九八七年三月）、久富木原玲「天界を恋うる姫君たち―大君、浮舟物語と竹取物語」(『国語と国文学』一九八七年一〇月)など。
(22)「紫式部日記「いかに、今は言忌みしはべらじ」の段、解釈の試み」(4)の書参照。
(23)(22)に同じ。

付録

「源氏一品經」

袴田光康

【解題】

「源氏一品経《げんじいっぽんきょう》」は、大原三千院蔵『拾珠抄』第一冊、安田文庫蔵『諸人雑修善』、高野山釈迦文院蔵澄憲「表白集」などに収められている。作者は、澄憲（一一二六〜一二〇三）、少納言藤原通憲（信西入道）の七男。天台僧となった後、平治の乱により一時、下野国に流されるが、帰洛後、天台座主明雲から一心三観の血脈を授けられる。説法唱導に巧みで、多くの法会に導師として招かれ、また後白河院の行幸などにも親しく供奉した。安居院《あぐい》流唱導の祖となり、その法門は、その子、聖覚に受け継がれたが、「源氏一品経」と近い関係にある、仮名文による「源氏物語表白」は、その聖覚の作である。ともに、源氏供養の場で導師が声明のように節をつけて唱えた表白文の模範例として伝えられてきたもので、「一品経」の名は、法華経二十八品の一品ごとに『源氏物語』の各巻をそれぞれ宛てたことに因むものと見られる。

澄憲の「源氏一品経」の成立については、『拾珠抄』所収「和歌政所一品経」に「永萬二七導師安居法印澄憲」とあり、次の「源氏一品経」には「導師同前」とあることから、永万二（一一六六）年頃の作とする向きもあるが、文中の「信心大施主禪定比丘尼」を藤原親忠女（美福門院加賀）と見るならば、夫である藤原俊成が安元二（一一七六）年に出家しており、彼女の出家もまたその頃であろうから、彼女が「比丘尼」と呼ばれ得た安元二年以降に「源氏一品経」は作られたものとも考えられる。現在は後者の見方が有力であるが、なお正確な成立期は未詳と言わざるを得ない。この「源氏一品経」が、藤原隆信（藤原為経と加賀の間の子）や藤原宗家（藤原俊成と加賀の間に生まれた八条院按察の夫）らがそれぞれ『隆信集』下や『新勅撰集』巻十で源氏供養に際して詠んだ歌とも同じ折のものであるならば、宗家の没した文治元（一一八五）年を一応の下限と見ることができる（加賀の卒年は不明）。また、『宝物集』巻五の源氏供養の記事が、この時のことであるとすれば、『宝物集』の成立したと見られる治承二（一一七八）年以前には既にこの源氏供養がなされていたことになるが、推測の域を出るものではない。安元二年からほどない時期を、成立の目安と考えておきたい。

その内容は、凡そ三段に分けられ、はじめに仏典・儒書・史書・漢詩文・和歌・物語がそれぞれ趣旨を異にすることを述べ、第二段では特に『源氏物語』を取り上げて、その秀逸なることを認めつつも、またそれゆえに読者の罪障を深め、作者紫式部も地獄に堕ちているとする。そして、最終段では、紫式部と読者の救済のために、人々に勧めて『法華経』二十八品を書写させ、またその一品ごとに源氏の絵を描かせて供養する旨を述べ、唐の白楽天同様に、狂言綺語の誤りを以って仏法の教化に転じることを願いつつ、欣求浄土の詞によって結ばれている。白楽天の狂言綺語観は、平安中期の初期勧学会にも影響を及ぼしているが、それが物語罪悪説、紫式部堕獄説として展開されるところに「源氏一品経」の特徴が認められる。しかし、同時に、『源氏物語』を天台六十巻に擬する見方も示されており、『源氏物語』が天台の教義を体現したものとする把握も共存しているのである。紫式部観音化身説を説く『今鏡』などとは両極端にあるように見えながら、その根本は極めて近いものとも言える。『源氏物語』六十巻説や紫式部堕獄説は、『今鏡』、『無名草子』、『今物語』などにも見え、美福門院の周辺の人々に広がっ

紀伊二位朝子（二十巻本源氏絵）
＝ 成範（唐物語）—— 小督
藤原通憲（藤原実兼息男、高階経敏養子）
＝ 澄憲（源氏一品経）—— 聖覚（源氏物語表白）
高階重仲女

藤原為経（今鏡）
＝ 隆信（隆信集）—— 信実（今物語）
美福門院加賀
＝ 定家
＝ 八条院按察 ＝ 宗家（新勅撰集釈教歌）
藤原俊成

ていたことも、澄憲の「源氏一品経」との関係において注目される。澄憲の「源氏一品経」は全文五百余字の短文ではあるが、平安末期から鎌倉初期にかけて源氏供養や源氏講式が盛んに行われるようになる中で、『源氏物語』と天台仏教が習合されていく享受のあり方を知る上で、極めて貴重な資料となっている。

なお、澄憲・美福門院加賀の人物関係図を付しておくので、参照していただきたい。

※【本文】・【書き下し】の作成に当たっては、以下の文献を参照した。なお、【注】においてはそれぞれ略称によって表記する。

〈後〉…後藤丹治「源氏一品経と源氏表白」(『国語国文の研究』第四十八号、一九三〇年九月、後に同著『中世国文学研究』に所収)→大原三千院蔵「拾珠抄」第一冊所収「源氏一品経」により、「諸人雑修善集」を以って補訂したもの。

〈大〉…『大日本史料』第二編之十(東京大学出版会、一九五六年)長和五年四月二十九日条所収「拾珠抄」巻一「源氏一品経」(二八三〜二八四頁)

〈天〉…『天台宗全書』第二十巻(第一書房、一九七四年)所収「拾珠抄」巻一「源氏一品経」

〈寺〉…寺本直彦『源氏物語受容史論考　続編』第二部第一章第一節四九五〜四九六頁(風間書房、一九八四年)→〈後〉を〈大〉によって校訂したもの。

〈西〉…西村兼文「源氏物語は零本たる証」(『史海』第二十九号、一八九三年十一月)→「諸人雑修善集」所収「源氏一品経表白」の翻刻

〈山〉…小峯和明・山崎誠「安居院唱導資料纂輯」(国文学研究資料館文献資料部『調査研究報告』第十二号、一九九一年三月)→大倉精神文化研究所蔵「諸人雑修善」所収「源氏一品経」の翻刻

（担当山崎）

〈無〉…『無名草子』輪読会編『無名草子　注釈と資料』（和泉書院、二〇〇四年）所収「源氏一品経」の書き下し文

【本文】（国語国文学研究史大成3『源氏物語上』所収「源氏一品經」）

夫文學(1)之興、典籍之趣、其旨旁分、其義區異也、如来經菩薩論、示戒定(2)惠解之因、遥開菩薩涅槃(3)之門、周公書孔子語、專仁儀(4)禮智之道、正君臣父子之儀、是以内典外典雖異、悉叶世出世間(5)正理、若又左史記事、詳百王理亂四海安危、文士詠物、恣煙霞春興風月秋望、此外有本朝和歌之事、蓋日域風俗也、有本朝物語之事、是古今所製也(6)、所謂落窪・石屋・寢覺・忍泣・狹衣・扇流・住吉・水ノ濱松・末葉ノ露・天ノ葉衣・格夜姫・光源氏等也、如此物語者、非傳古人之美惡、非注先代之舊事、依事依人(7)、皆以虛誕爲宗、立時立代、併課虛無爲(8)事、其趣雖且(9)千、皆(10)唯語男女交會之道、其中光源氏之物語者、紫式部之所制也、爲卷軸六十卷(11)、立篇目卅九篇(12)、言涉内外之典籍、宗巧男女之芳談、古來物語之中以之爲秀逸、艶詞甚佳美心情多揚蕩、男女重色之家貴賤事艶之人、以之備口實以之(13)蓄心機、故深窓未嫁之女、見之偸動懷春之思、冷席獨臥之男、披之徒勞思秋之心、故謂彼制作之亡靈、謂此披閲之諸人、定結輪廻之罪根、

悉堕奈落之劔林、故紫式部亡靈、昔託人夢告罪根重、爰信心大施主禪定比丘尼、一爲救彼製作之幽魂、一爲濟其見聞之諸人、殊勸道俗貴賤、書寫法花廿八品之眞文、卷々端圖源氏一篇、蓋轉煩惱(14)爲菩提(15)也、經品々即宛物語篇目、飜愛語爲種智、昔白樂天發願、以狂言綺語之謬、爲讃佛乘之因、爲轉法輪之縁、今比丘尼濟物、飜數篇艷詞之過、歸一實相之理、爲三菩提(16)之因、彼一時也此一時也、共離苦海同登覺岸。

【書き下し】

夫《それ》、文學の興、典籍の趣は、其の旨 旁《かたがた》分かれ、其の義 區《おのおの》異なるなり。如来の経・菩薩の論は、戒定惠解の因を示し、遙かに菩薩涅槃の門を開く。周公の書・孔子の語(17)は、仁儀禮智の道を専らとし、君臣父子の儀を正す。是れ以て内典外典の異なると雖も、悉《ことごと》く世と出世間の正理に叶ふ。若《も》しくは又、左史(18)の事を記すは、百王の理亂・四海の安危を詳《つまび》らかにし、文士の物を詠ずるは、煙霞の春興・風月の秋望を恣《ほしいまま》にす。此の外、本朝の和歌の有る事、蓋し日域の風俗なり。本朝の物語の有る事、是れ古今の所製なり。所謂、落窪《おちくぼ》・石屋《いわや》・寝覺《ねざめ》・忍泣《しのびね》・狭衣《さごろも》・扇流《あふぎながし》・住吉《すみよし》・水《みづ》ノ濱松《はままつ》・末葉《すえは》ノ露《つゆ》・天《あま》ノ葉衣《はごろも》・格夜姫《かくやひめ》・光源氏《ひかるげんじ》等なり。此の如《かく》き物語は、古人の美惡を傳ふるに非ず、先代の舊事を注するに非ず。事に依り人に依りて、皆《みな》虚誕を以て宗と爲す。時を立て代を立てて、併せて虚無を課して事と爲す。其の趣、且《まさ》に千と雖も、皆唯《ただ》男女交會の道を語る。其中にも光源氏の物語は、紫式部の所制なり。巻軸六十巻[19]と爲し、篇目卅九篇[20]を立つる。言は内外の典籍に渉り、宗は男女の芳談を巧む。古來の物語の中、之を以て秀逸と爲す。艶詞甚だ佳美にして心情多く揚蕩たり。男女の色を重んずる家・貴賤の艶を事とする人、之を以て口實に備へ之を以て心機に蓄ふ。故に深窓の未だ嫁《とつ》がざる女[21]、之を見れば偸かに懷春の思ひを動かし、冷たき席《むしろ》に獨り臥す男、之を披《ひら》けば徒に思秋の心を勞す。故に彼の制作の亡靈と謂ひ、此の披閲の諸人と謂ひ、定めて輪廻の罪根を結び、悉く奈落の劔林に堕つべし。故に紫式部の亡靈、昔《むかし》人の夢に託して罪根の重きことを告げけり[22]。爰《ここ》に信心大施主禪定比丘尼[23]、一つには[24]彼の製作の幽魂を救はんが爲に、一つには其の見聞の諸人を濟《すく》はんが爲に、殊に道俗貴賤を勸めて、法花廿八品の眞文《しんもん》を書寫し、巻々の端に源氏の一篇を圖《か》かしむ。蓋し煩悩を轉じて菩提と爲すなり。經の品々は即ち物語の篇目を宛て[25]、愛語を翻がへして種智と爲す。昔《むかし》白樂天願《がん》を發《おこ》し、狂言綺語の謬《あやまり》を以て、讃佛乘の因と爲し、轉法輪の縁と爲せり[26]。今《いま》比丘尼物を濟《ととの》へ、數篇の艶詞の過《あやまり》を翻がへし、實相の理に歸一せしめ、三菩提の因と爲す。彼も一時なり此も一時なり。共に苦海を離れて同じくは覺岸に登らん[27]。

注

（1）本文「文學」の語句、『拾珠抄』による〈大〉・〈天〉は同じだが、『諸人雑修善』による

〈西〉・〈山〉は「文字」とする。〈後〉は初め「文學」とし、後に「文字」に改めている。「典籍」と並立されていることからすれば、「文學」（文学作品に限らず広く書籍全般を指す意）でよいようにも思われるが、後出の白楽天の「香山寺白氏洛中集記」には「文字之業」とあり、「文字」の語も否定しきれない。今、本文に従って「文學」のままとする。

（2）本文は「戒惠解」に作る。〈西〉も同じだが、〈大〉・〈天〉・〈寺〉・〈山〉は「戒定惠解」とする。〈後〉は初め「戒惠解」としたが、後に「戒定惠解」に改める。後文の「仁儀禮智」との対句関係から見れば、「戒定惠解」の四字句の方がよい。「戒」は戒律、「定」は禅定、「惠」は慧に通じて智慧を表し、「戒定慧」で仏道の三学を意味する。「解」は正しい解釈の意と見られるが、あるいは「戒定慧」による解脱の意でもあろうか。今、本文を「戒定惠解」に改める。

（3）本文は「菩薩炎」（〈後〉同）に作るが、「井」を「菩薩」に作るように、「炎」の字に見えるのは、「涅槃」を意味する異体字と見られる。今、「炎」を「涅槃」に改める。

（4）本文「仁儀」は文意からして「仁義」であるが、本文のままとする。「正君臣父子之儀」の「儀」も同様。

（5）本文は「世出世門」に作る。〈後〉・〈大〉・〈西〉・〈西〉・〈山〉は「世出世間」とする（〈天〉のみは「世出間」とするが、脱字の可能性がある）。「間」であれば、「出世間」の意で、世俗に対する仏道の悟りの世界を言う語である。つまり、世間と出世間の双方の正理に叶うという意味であろう。今、「門」を「間」に改める。

（6）本文「所製」の語句、〈後〉も同じだが、後出の「紫式部之所制」では「制」の字を用いており、一定していない。『拾珠抄』による〈大〉・〈天〉では一貫して「所制」であり、一方、『諸人雑修善』による〈西〉・〈山〉では常に「所製」の字を用いている。〈後〉は「諸人雑修善」によって「所製」に校訂したものと見られるが、但し、いずれ大きく意味の変わるものではない。ここでは本文のままとする。

(7) 本文は「依事依人」に作るが、〈天〉では「作人」、〈大〉では「作〔作事脱カ〕人」とする。〈大〉が注するように、「拾珠抄」では「(作事)作人」であったと見られ、「依事依人」(〈後〉・〈寺〉・〈西〉・〈山〉も同)の本文は、「諸人雑修善」によるものとも考えられるが、今、本文のままとする。

(8) 本文は「物事」に作る。〈大〉・〈天〉・〈寺〉・〈西〉・〈山〉では「爲事」に作る。〈後〉は初め「物事」としたが、後に「爲事」に改めている。「併課虚無物事」でも、「併せて虚無の物事を課す」と訓じることはできるが、「皆以二虚誕一爲レ宗」と対句をなすことからすれば、「併課二虚無一爲レ事」とする方が落ち着きは良い。今、「物事」を「爲事」に改める。

(9) 本文は「其趣旦千」に作る。〈後〉も初めは「其趣旦千」としていたが、後に「其趣雖且千」に改めている。〈大〉・〈寺〉・〈西〉・〈山〉では「其趣雖且千」に作る(〈天〉は「其趣雖思千」)。これらによれば、本文の「其趣」の下、「雖」の脱字の可能性が高い。また、筆では「旦」と「且」は判別し難いが、「旦千」では意味が通じないのに対して、「且」には強意の語辞があるので、ここでは下字「千」を強調する「且」と解するのがよい。今、「其趣旦千」を「其趣雖且千」に改める。

(10) 本文は「共」に作る。〈天〉も同じだが、〈大〉・〈寺〉・〈西〉・〈山〉は「皆」に作る。〈後〉

は初め「共」としたが、後に「皆」に改めている。「共」と「皆」は字体が類似しており、判別が難しい字だが、今、「共」を「皆」に改める。

(11) 本文は「六十局」に作るが、「局」のように見えるのは、〈後〉・〈大〉にあるように「㞐」であり、「巻」の古体字と見られる。今、「局」を「巻」に改める。

(12) 本文「卌九篇」の語句、〈西〉は同じく「卌九篇」、〈天〉も「三十九篇」とするが、〈後〉・〈大〉・〈寺〉は、「冊九篇」に作り、〈山〉は「四十九篇」に作る。今、本文のままとする。

(13) 本文「蓄」の字、〈後〉・〈西〉・〈山〉は同じだが、〈大〉・〈天〉は「薫」に作る。〈寺〉は「蓄《薫イ》」と表記する。「蓄」は「諸人雑修善」によるものと見られるが、今、「蓄」のままとする。

(14) 本文「芻」の字では意味が解し難い。〈後〉も「芻」に作り、これを尊重して〈無〉では「芻《まぐさかり》を転じて菩提となす」という訓読を試みているが、不自然な感は否めない。〈大〉が「挹《煩悩》」と示すように、「芻」は「煩悩」の異体字と解するのが妥当であろう（〈天〉・〈西〉・〈山〉は「煩悩」に作る）。今、「芻」を「煩悩」に改める。

(15) 本文は「菩薩」に作る。しかし、その元字「𦬇」は、「煩悩」と対をなす「菩提」の意と解すべき文字と見られる。〈天〉・〈西〉・〈山〉が「菩提」に作り、〈寺〉も「𦬇《菩提》」とするのに倣い、今、「菩薩」を「菩提」に改める。

(16) 本文は「三菩薩」に作る。しかし、前注と同様に「菩提」と解すべきところ。〈天〉・〈西〉・〈山〉は「三菩提」とし、〈寺〉が「三𦬇《菩提》」するのに倣い、今、「三菩提」に改める。

なお、「三菩提」とは、「阿耨多羅三藐三菩提《あのくたらさんみゃくさんぼだい》」の略で、無上正編知覚、仏の無上の智を意味する。

(17) 周公旦の『尚書』、孔子の『論語』などの儒教の書物（外典）を指す。

(18) 「左史」について、〈無〉は、「『春秋左氏伝』と『史記』」と注している。しかし、ここは「文士」と対になっており、天子の傍らでその起居を記録する史官である「左史」と考えてよい。

(19) ここで言われる『源氏物語』六十巻説は、平安末期頃から語られるようになったもので、書陵部本『源氏物語注釈』（院政期）に「六十帖の中に男女のよきあしきふるまひをあらはし」とあり、『今鏡』第十（嘉応二（一一七〇）年、または承安五（一一七五）年成立）には「六十帖などまでつくり給へるふみ」と記されており、また『無名草子』（鎌倉初期）にも「のこりの六十巻はみなおしはかられはべりぬ」と見える。しかし、『更級日記』（康平二（一〇五九）年以後まもなくの成立）には「源氏の五十余巻」とあり、定家の『明月記』嘉禄元（一二二五）年二月十六日条には「源氏物語五十四帖」と明記されているように、古来、『源氏物語』の巻数は五十四巻であったと見られ、六十巻の内実は明らかでない。「源氏一品経」と極めて近い関係にあると見られる、聖覚作『源氏物語表白』にも、「雲隠」の代わりに「乙女」の別名である「日かげ」の名を「乙女」と重複して挙げる形ではあるが、全体として五十四の巻名が詠み込まれている。このことからすると、六十巻説は、必ずしも実際の『源氏物語』の巻数を指したわけではなく、巻数の大よその概数を以って天台六十巻に擬するものであったと考えるのが妥当であろう。『原中最秘抄』（貞治三（一三六四）年成立）は、

「夢の浮橋」の巻名に注して、「但於二夢字一者、作者檀那僧正の許可をかうふり、一心三観の血脈に入しによりて、想フ二夢中ノ観ヲ一歟」とし、「凡天台六十巻内、玄義本末廿巻ニ尺二法華経名一、文句本末廿巻入文判也、止観本末廿巻所レ明二今経之大意一也、彼大意は、以二一心三観一為レ宗、一心三観者、以二夢中観一立レ義歟、然者、尤叶二此意一者歟」と記す。即ち、最終巻「夢の浮橋」の「夢」には夢中観の義が込められており、『源氏物語』全体は、一心三観を宗として「玄義」・「文句」・「止観」それぞれ廿巻によって説かれた天台六十巻の意に叶うものであるという仏教的解釈が示されている。六十巻説もこうした天台仏教との習合化に基づく見方であろう。この中で「作者檀那僧正の許可をかうふり云々」と記されていることに関し、「表白の作者安居院聖覚の一統が止観業檀那流の血脈に入っていることが、式部の檀那僧正の許可云々の説話を生んだのであろう」（国語国文学研究史大成3『源氏物語　上』所収「研究史通観」二九頁）と言われるが、「源氏一品経」の作者、澄憲は天台二大教学の一つである檀那流の法門を受け、一心三観の血脈を相承し、安居院流の祖ともなった人物である。『源氏物語』やその作者紫式部を天台止観と結びつけ、『源氏物語』を天台六十巻に準えるような見方は、澄憲―聖覚の安居院流の源氏解釈と密接に関わるものであることが示唆される。澄憲の「源氏一品経」は、美福門院加賀（藤原親忠女）の主催した源氏供養のための作と見られるが、『今鏡』の作者である藤原為経（寂超）は加賀の夫であった。加賀は後に藤原俊成の妻となるが、『無名草子』は俊成女（養女）の作と言われている。いずれも加賀と俊成の周辺の人々であることは、彼らが加賀の源氏供養の場などを通して、澄憲の六十巻説との接点を持ち得たことを推測させる。なお、「雲隠六帖」が擬作されて、文字通り『源氏物語』

を六十巻に擬するようになるのは室町期になってからのことである。

(20) 「篇目卅九篇」の「篇目」とは書籍の表題や篇の項目などを指す語だが、ここでは『源氏物語』の巻名を意味するものと見られる。『源氏釈』では並びの巻を本巻に付随させて三十七巻の篇目を立てるが、『紫明抄』の「夢の浮橋」の注には、「又この巻第卅七にくはりあつるも、心性の仏躰三十七尊のひかりを思いれて、ひかるけんしともなつけたるにや、と、いよいよ菩提のよせもたのもしくこそ」と、三十七巻は「心性の仏躰三十七尊」にあてたものであると解釈している。しかし、その三十七巻とも異なり、ここでは三十九篇と独自の数え方をしている。この点に関して、岡一男は、「『釈』は源氏物語の並びの巻を本巻に摂して三十七巻としているが、これに並びの巻ならざる「サムシロ」「スモリ」を加えると、三十九巻となる。これが『源氏一品経』のいわゆる「立篇目卅九篇」ではないかと思われる」(前掲「研究史通観」三〇頁)と述べている。「桜人」「狭席」「巣守」は後人の擬作であるが、その三巻のうち「玉鬘」の並びとされる「桜人」を除いた二巻を加えて三十九巻と数えたと言うわけである。また、それが「胎蔵界釈迦院三十九尊にちなむため」であることも指摘されている。あえて別人の作である二巻を加えたのは、天台の教義と結びつけて「胎蔵界釈迦院三十九尊」に対応させるための、いわば数合わせと見られる。

(21) 「深窓未嫁之女」は、「養在深窓人未識」(『白氏文集』巻十二「長恨歌」)の句を踏まえたものであろう。澄憲の父、藤原通憲(信西)は、平治の乱を予見し、「長恨歌絵」を作成して後白河院を諌めたことでも知られる。漢籍の教養は父親譲りとも言えるが、但し、ここでは父のように諷喩的、教戒的意味で引かれているのではなく、大事に育てられた子女らを表す一般的表現として、「長恨歌」の文脈を離れた用法とも言える。女性にとって物語は罪を深かめるものであると説く点で、むしろ、源為憲の『三宝絵詞』（永観二〔九八四〕年成立）の物語観に近いものである。

(22) 「紫式部の亡霊…」以下の一文は、いわゆる紫式部堕獄説話と言われるもの。『今鏡』では、「昔の人紫式部の作り給へる源氏の物語に、さのみかたもなき事のなよび艶なるを、もしほ草かき集め給へるによりて、後の世の煙とのみ聞え給ふこそ、縁にならぬつまなれども、あぢきなく弔ひ聞えまほしく」（巻十）と語られている。「後の世の煙」とは、妄語を犯した者は大焦熱地獄に落ちるとされることを踏まえた表現と見られるが、その一方で、「女の御身にてさばかりのことを作り給へるは、ただ人にはおはせぬやうもや侍らむ。妙音観音など申すやむごとなきひぢりたちの女になり給て、法を説きてこそ人を導き給ふなれ」とも記す。「源氏一品経」と『今鏡』の前後関係は明確でないが、堕獄説と観音化身説が、表裏するようにほぼ同時期に現れることは注目される。また、治承二〔一一七八〕年頃の成立と言われる『宝物集』巻五にも、「ちかくは、紫式部が虚言をもつて源氏物語をつくりたる罪により て、地獄におちて苦患しのびがたきよし、人の夢にみえたりけりとて、歌よみどものよりあひて、一日経書きて、供養しけるは、おぼえ給ふらんものを」と見えるが、「人の夢に云々」というのは、「源氏一品経」の説話と類似する形であり、〈後〉の論考では、「歌よみども…」以下の源氏供養の記事は美福門院加賀の源氏供養を指すと見る。ちなみに、それによると、「源氏一品経」の成立は、俊成の出家した安元二年から治承二年（一一七六～一一七八）の間ということになる。なお、『今鏡』の作者為経と加賀の孫にあたる藤原信実の『今物語』

にも紫式部堕獄説話が記されており、この紫式部堕獄説話も、六十巻説と同様に、美福門院加賀周辺の人々によって語られた言説と見られる。

(23)〈後〉は、「信心大施主禪定比丘尼」に美福門院加賀(藤原親忠女)を比定する。その根拠としては、藤原隆信朝臣集下釈教の詞書「ははの紫式部がれうに一品経せられしにだらに品をとりて」と、新勅撰集巻十釈教歌の権大納言藤原宗家の詞書「紫式部のためとて結縁供養し侍りける所に、薬草喩品をおくり侍るとて」が挙げられている。即ち、隆信は為経と加賀の間に生まれた一子であり、彼が「はは」と呼ぶのは加賀以外にはいない。一方、宗家は、加賀が為経出家後に俊成との間に儲けた娘(八条院按察)を妻としており、こうした関係から、加賀の主催する源氏供養に関与することは十分に考えられる。隆信と宗家の歌が同時期のものである確証はないが、「源氏一品経」に見られる六十巻説や紫式部堕獄説と美福門院加賀の周辺の人々との密接な関係から見て、蓋然性の高いものであろう。「道俗貴賎を勸めて」と言われる中には、隆信や宗家などが含まれており、彼らは割り当てられた陀羅尼品や薬草喩品の「眞文を書寫し」、加賀の源氏供養に歌と共に奉納したのであろう。久保田淳は、加賀の詠歌「たのめをかむただざばかりをちぎりにてうき世中のゆめになしてよ」に藤壺の「世がたりに人や伝へんたぐひなくうき身をさめぬ夢になしても」の歌が踏まえられているとして、「彼女自身、おそらく若い時からこの物語の熱心な読者であったろうと想像される」と述べている(『藤原定家とその時代』「『源氏物語』と藤原定家、親忠女及びその周辺」)。地獄におちた紫式部と『源氏物語』読者の供養は、同時に加賀自身の切実な救済への願いであり、逆修を意味するものに他ならなかったとも言える。なお、〈無〉は、この源氏供養の実質的主催者として加賀が仕えた八条院を指摘している。

(24) 〈後〉・〈大〉・〈寺〉などによると、「一《ヒハ》」とあり、古くは「一たびは」と訓じたことが窺われる。また、〈天〉では「一《ニハ》」とあり、「一つには」とも訓じたことが知られる。「たび（度）」は、回数や時を表し、「一たびは…、一たびは…」では、この源氏供養が二度行われたような誤解を招きかねない。ここは二つの目的を列挙する文脈と解されるので、「一つには」と訓じた方が文意として明瞭である。

(25) 寺本直彦の「源氏講式について」では、「法花経二十八品を源氏物語の篇目に宛てるというとき、宇治十帖を一括し、これをそれ以前の並びの巻十七帖を除いた二十七帖に加えて二十八帖としたものに宛てたと考えられる」と述べられている。但し、前文に「立篇目卅九篇」とあることからすると、それとは別に二十八巻の篇目を立て法華経二十八品に当てることが行われたことになるが、三十九巻の篇目の中から、『法華経』の二十八品それぞれに『源氏物語』の一巻が宛てられたものとも見ることができる。いずれ、この文のみでは具体的なことは判らないが、白造紙や正嘉本源氏古系図などに見られる二十八巻の数え方は、むしろ、『法華経』による源氏供養が定着してからである可能性も視野に入れるべきだろう。

(26) 『白氏文集』巻七十一「香山寺白氏洛中集記」の「願以二今生世俗文字之業狂言綺語之過一、転為二将来世世讃仏乗之因転法輪之縁一也」（願はくは今生世俗の文字の業、狂言綺語の過を以て、転じて将来世世讃仏乗の因、転法輪の縁と為さん）に拠る。狂言綺語観と「源氏一品経」の関係については、〈寺〉の論考に詳しい。〈寺〉によると、『法華経』に基づく白楽天の狂言綺語観は、日本では慶滋保胤や源為憲ら初期勧学会に影響を与え、『和漢朗詠集』に採られるに至って広く人口に膾炙し、『栄花物語』や『更級日記』などの仮名文学にもその影響が見られる。和歌と歌人に関しても狂言綺語の問題が生じてくるが、惟宗孝言の「納和歌集等於平等院経蔵記」(『本朝続文粋』巻十一)は、「姫旦孔父之典籍」、「唯為日域之風俗」、「男女芳談之間」、「徒飛虚誕花餝之言葉」、「輪廻生死之罪根」など、「源氏一品経」と類似する詞句が見られ、「源氏一品経」は、思想上、表現上、同記に負うところが大きいとされている。なお、澄憲の子、聖覚の仮名文の「源氏物語表白」は、「願はくば狂言綺語のあやまりをひるがへして、紫式部が六趣苦患を救ひ給へ。南無当来導師弥陀慈尊、かならず転法輪の縁として、是をもてあそばん人を安養の浄刹に迎へ給へとなり」と結ばれており、「源氏一品経」に類似している。

(27)『唐物語』巻十八の巻末は、「極楽をねがはば、くるしみをあつめたるうみをわたり、楽をきはめたるくににいたらん事はうたがふべからず。ゆめゆめいでがたき悪道にかへらずして、行やすき浄土にいたるべし」と結ばれている。「くるしみをあつめたるうみをわたり」と「苦海」の類似と共に、作者成範が「長恨歌伝」による「玄宗と楊貴妃の語」を以って読者に浄土を説く姿勢そのものが、『源氏物語』を以って菩提の契機とする「源氏一品経」と通じるものである。成範が澄憲の影響を受けていることは、石山寺の源氏物語起筆伝説の作者に成範を宛てた宮川葉子の『源氏物語の文化史的研究』に論じられている。

[参考文献]

後藤丹治『中世国文学研究』「源氏表白考」(磯部甲陽堂、一九四三)

国語国文学研究史大成3『源氏物語上』「研究史通観」（三省堂、一九六〇）
和田昭夫「釈迦文院本澄憲「表白集」をめぐって」（『仏教文学研究』三、一九六五）
寺本直彦『源氏物語受容史論考』「源氏講式について」（風間書房、一九七〇）
伊井春樹『源氏物語の伝説』（昭和出版、一九七六）
重松信弘『源氏物語研究史』「初期中期の教戒的評論」（風間書房、一九八〇）
寺本直彦『源氏物語受容史論考　続篇』「狂言綺語の源氏物語の形成・展開」（風間書房、一九八四）
伊藤孝子「紫式部堕獄説話追跡（1）―今鏡と源氏一品経」（『国文学試論』一〇号、一九八五・三）
中村文「信西の子息達」（『和歌文学研究』五三号、一九八六・一〇）
山崎誠「三井寺流唱導遺響―『拾珠抄』を遶って」（『国文学研究資料館紀要』十六号、一九九〇・三）
久保田淳『藤原定家とその時代』「『源氏物語』と藤原定家、親忠女及びその周辺」（岩波書店、一九九四）
宮川葉子『源氏物語の文化史的研究』「源氏物語起筆伝説」（風間書房、一九九七）
蟹江希江子「源氏一品供養とその背景」（『古代文学研究〈第二次〉』、二〇〇一・一〇）
伊井春樹『源氏物語注釈書・享受史事典』（東京堂出版、二〇〇一）

「源氏物語表白」

湯浅幸代

【解題】

「源氏物語《げんじものがたり》表白《ひょうびゃく》」は、安居院聖覚（一一六七～一二三五年）の作とされる源氏供養を目的とした法会の趣旨文である。本文は、「表白」単独のものと、その由来を物語風に説く『源氏供養草子』に記載のものとがあり、後者によれば、若い尼御前（後に中関白の女・准后の宮と判明）が源氏供養を聖覚に依頼したのだという。平安末期から中世にかけて、浄土信仰の深化に伴い、狂言綺語の罪による紫式部堕地獄説が流布し、その罪を救うべく源氏供養は行われたが、巻名に絡めて仏教の理《ことわり》を述べるに留まらず、和歌の修辞や物語表現を駆使した華麗な表白は、逆に狂言綺語と仏道とを積極的に結びつける。「桐壺の夕《ゆふべ》の煙《けぶり》すみやかに法性《ほつしやう》の空《そら》にいたり、帚木の夜の言《こと》の葉つゐに覺樹《かくじゅ》の花を開かん。」の一文は、『源氏物語』に書かれている事が、仏の真理に達することを示しており、「若菜を摘《つ》みて世尊《せそん》に供養せしかば」の部分は、若菜巻で若菜の献上を受けた光源氏と御仏とが重ねられている。源氏供養は、『源氏物語』の愛読者ゆえに行うものであり、仏の前では懺悔せざるをえないとしても、なお作品が往生の妨げとはならない事を信じる施主の心を代弁するかのような表白である。また、この表白と内容が途中まで一致し、密接な関係があるものに、漢文の「源氏物語願文」がある。

【本文】

(1)桐壺の夕《ゆふべ》の煙《けぶり》すみやかに(2)法性《ほっしゃう》の空《そら》にいたり、(3)帚木の夜の言《こと》の葉つゐに(4)覺樹《かくじゅ》の花を開かん。(5)空蟬のむなしき世を厭《いと》ひて、(6)夕顔の露の命を觀じ、(7)若紫の雲の迎へを得て、(8)末摘花の臺《うてな》に座せしめん。(9)紅葉の賀の秋の夕《ゆふべ》には、落葉をのぞみて(10)有為《うゐ》をかなしび、(11)花の宴の春の朝《あした》には、飛花を観じて(12)無常《むじゃう》を悟らん。(13)たま〳〵佛教にあふひなり。(14)賢木葉のさして(15)淨刹《じゃうせつ》を願ふべし。花散里に心を留むといへども、(16)愛別離苦《あいべつりく》のことはりをまぬがるるためしなし。ただすべからくは(17)生死流浪《しゃうじるろう》の須磨の浦を出でて、(18)四智圓明《しちえんみゃう》の明石の浦に身をつくし、(19)關屋の行きあふみちを逃れて、(20)般若《はんにゃ》の清き砌《みぎり》に赴き、(21)蓬生の深き草むらを分けて、(22)菩提《ぼだい》の眞《まこと》の道を尋ねん。(23)何ぞ彌陀《みだ》の尊容を寫《うつ》して繪合にして、(24)松風に業障《ごふしゃう》の薄雲を拂《はら》はざらん。(25)生老病死《しゃうろうびゃうし》の身、(26)朝顔の日かげを待たん程也。(27)老少不定《らうしゃうふじゃう》の境、乙女子が(28)玉鬘かけても猶頼み難し。谷立ち出る(29)鶯の初音も何かめづらしからん。(30)鳬雁鴛鴦《ふがんゑんあう》の囀《さへづ》りにはしかじ。籬《まがき》にたはぶるる(31)胡蝶のただしばらくの樂《たのし》びなり。(32)天人聖衆《てんにんしゃうじゅ》の遊びを思ひやれ。(33)澤の螢のくゆる思ひ、(34)常夏なりといへども、たちまちに(35)智恵《ちゑ》の篝火にひきかへて、(36)野分の風に(37)消《き》ゆる事なく、(38)如来覺王《にょらいかくおう》の御幸に伴ひて、(39)慈悲忍辱《じひにんにく》の藤袴を着《き》、(40)上品蓮臺《じゃうぼんれんだい》に心をかけて、(41)七寶莊嚴《しっぽうしゃうごん》の(42)眞木柱のもとにいたらん。(43)梅が枝の匂ひに心を留むる事なくて、(44)淨土《じゃうど》の藤の裏葉をもてあそぶべし。かの(45)仙洞《せんとう》千年の給仕には、(46)若菜を摘《つ》みて(47)世尊《せそん》に供養せしかば、(48)成佛得道《じゃうぶつとくどう》の因となりき。(49)夏衣《なつごろも》たちゐに、いかにしてか一枝の(50)柏木を拾ひて、(51)妙法《みゃうほふ》の薪《たきぎ》となして、(52)無始曠劫《むしこうごふ》の罪をほろぼし、(53)本有《ほんう》常住《じゃうぢゅう》の風光を輝やかして、(54)聖衆《しゃうじゅ》音樂の横笛を聽《き》かん。うらめしきかなや、(55)佛法《ぶっぽふ》の世に生れながら、家を出で、(56)名を捨つる砌《みぎり》には、(57)鈴虫の聲《こゑ》振り捨て難く、道に入り(58)かざりをおろす所には、(59)夕霧のむせび晴れがたし。悲しきかなや、人間に生を受けながら、(60)御法の道を知らずして(61)苦海《くかい》に沈み、(62)幻の世を厭《いと》はずして(63)世路《せいろ》を營まん事しかじ。ただ(64)薫大將《かをるだいしゃう》の香《か》を改めて、(65)青蓮《しゃうれん》の花ぶさに(66)思ひを染《そ》め、(67)匂兵部卿の匂《にほひ》をひるがへしては、(68)香《かう》の煙《けぶり》の粧《よそほひ》となし、(69)竹川の水を掬《むす》びては(70)煩惱《ぼんのう》の身を濯《すす》ぎ、(71)紅梅の色を移《うつ》して、(72)愛着《あいぢゃく》の心を失ふべし。(73)待つ宵の更《ふ》けるを歎きけん宇治《うぢ》の橋姫にいたるまで、(74)優婆塞《うばそく》が行ふ道をしるべにて、(75)椎本に留まる事なかれ。(76)北邙《ほくばう》の野邊《のべ》の淡雪《あはゆき》と消えん夕《ゆふべ》には(77)解脱《げだつ》の總角を結び、(78)東岱《とうたい》の山の(79)早蕨の煙《けぶり》とのぼらん朝《あした》には(80)梅檀《せんだん》の蔭《かげ》に(81)宿木とならん。(82)官位《つかさくらゐ》を東屋の中《うち》に逃れて樂《たのし》み榮《はへ》を(83)浮舟にたとふべし。これも(84)かげろふの身なり。(85)あるかなきかの(86)手習にも、(87)往生極樂《おうじゃうごくらく》の文を書くべし。かれも(88)夢の浮橋の世なり。朝な夕なに(89)來迎引接《らいがういんぜふ》を願ひわたるべし。(90)南無《なむ》西方《さいはう》極樂《ごくらく》彌陀《みだ》善逝《ぜんせい》、願はくば、(91)狂言綺語《きやうげんきぎよ》のあやまちをひるがへして、紫式部が(92)六趣苦患《ろくしゆくげん》を救ひ給へ。(93)南無當來《なむとうらい》導師彌勒慈尊《だうしみろくじそん》、かならず(94)轉法輪《てんぼふりん》の縁として、(95)是をもてあそばん人を(96)安養淨刹《あんやうじやうせつ》に迎へ給へとなり。

（本文は、『湖月抄』付載の表白を底本とし、内閣文庫本「源氏供養表白」により一部校訂した。表記は、国語国文学研究史大成3『源氏物語』上、三省堂、一九六〇年、を参考に改めた。なお、点線で囲んだ語は『源氏物語』の巻名を示す。）

注

（1）桐壺《きりつぼ》の夕《ゆふべ》の煙《けぶり》　亡骸を焼いた時にたち上る煙。桐壺更衣の死を暗示。

（2）法性《ほつしやう》の空《そら》　法性は諸法（諸現象、諸存在）の本性。「実相《じつそう》」や「真如《しんによ》」と同じく、仏教の真理を示し、事物の真実不変の本性を指す。また「法性空《くう》」は、諸法の本性は実体のない空《くう》である事を意味する。煙が空に上る意とともに、仏教真理への到達を掛ける。

（3）帚木《ははきぎ》の夜の言《こと》の葉　帚木は、信濃国園原にあるとされる伝説上の樹木。遠くからはほうきを立てたように見えるが、近寄ると見えなくなる。そのように見え隠れする実体のない言葉。帚木巻の「雨夜の品定め」を指す。『花鳥余情』では、この品定を、法華経の三周説法の姿をかたどると指摘する。

（4）覺樹《かくじゆ》の花　覺樹は「菩提樹」の異称。釈迦がその下で悟りを開いたとされる樹木。初夏に芳香を放つ小さな花をつける。ここでの開花は、悟りを開く意。

（5）空蟬《うつせみ》のむなしき世　空蟬は、蟬の抜け殻のように空っぽの意。世の無常や儚《はかな》さに喩えられる。人妻・空蟬に拒絶される光源氏の空しい恋を示す。

（6）夕顔《ゆふがほ》の露の命　夕方開き、翌朝にはしぼむ夕顔の花に降りる露のように儚《はかな》い命。物の怪に憑かれて死んだ夕顔との恋を示す。

（7）若紫《わかむらさき》の雲の迎へ　「紫雲《しうん》」とは、紫色の雲で、古来瑞兆とされるが、仏教においては、特に極楽浄土にたなびき、阿弥陀仏は、紫雲に乗って念仏行者を来迎する。ここでは、少女であった紫の上（若紫）を二条院に迎える光源氏の行為を掛ける。

（8）末摘花《すゑつむはな》の臺《うてな》　末摘花は、「紅花《べにばな》」の異名。『源氏物語』では、鼻の赤い常陸宮の姫君を指すが、ここでは、花の臺（蓮台）を導く語となる。蓮台は、仏・菩薩が座る蓮華の台座で、仏・菩薩は　この蓮台を持って、往生する念仏行者を迎えに来る。

（9）紅葉《もみぢ》の賀の秋の夕《ゆふべ》　紅葉賀巻に描かれる朱雀院行幸を示す。

（10）有為《うゐ》　因縁（様々な原因や条件）によって人為的に作られた諸現象の事。生滅変化する。無為の対。

（11）花《はな》の宴《えん》の春の朝《あした》　花宴巻に描かれる光源氏と朧月夜との逢瀬を示す。

（12）無常《むじやう》　生滅変化して移りかわり、同じ状態に留まらない事。

（13）たま〳〵佛教にあふひなり　結縁の意の「逢ふ日」と巻名「葵」とを掛ける。

（14）賢木葉《さかきば》　賢木《さかき》（榊）は常緑樹の総称。特に神事に用いる樹を指す。その葉の事。賢木葉は「さして」の枕詞。

(15) 浄刹《じゃうせつ》　仏の住む清浄な国土。また仏が現れて衆生を教化する神聖な世界。

(16) 愛別離苦《あいべつりく》　仏教でいう「八苦《はっく》」（現世の苦しみを八種に分類）の一つ。親しくする人、愛する人と心ならずも別れる苦しみ。光源氏の須磨流謫に際する人々との別れを指す。

(17) 生死流浪《しゃうじるらう》　生まれる事と死ぬ事、その境をあてもなくさまよう事。光源氏の須磨流謫の意。

(18) 四智圓明《しちえんみゃう》　四智は、煩悩の汚れを離れた仏の四つの智慧の意。その智慧が、欠ける所なく満ちていて、明らかに悟られている事。明石入道との出会いを示唆。

(19) 關屋《せきや》の行きあふみち　関屋巻における光源氏の歌「わくらばに行きあふみちを頼みしもなほかひなしやしほならぬ海」による。「逢ふ道」に、「近江路」（あふみぢ）を掛ける。逢坂の関での光源氏と空蟬との邂逅を指す。

(20) 般若《はんにゃ》の清き砌《みぎり》　般若とは、諸法の道理を明らかに見抜く深い智慧。その智慧が導く清浄な場所。彼岸。

(21) 蓬生《よもぎふ》の深き草むらを分けて　蓬などの雑草が深く生い茂る叢《くさむら》。悟りに至る道程の困難を示すが、蓬生巻で光源氏が再訪した末摘花邸の荒廃した様子を表す。「惟光も、「さらにえ分けさせたまふまじき蓬の露けさになむはべる。―略。」と聞こゆれば、（光源氏歌）たづねてもわれこそとはめ道もなく深き蓬のもとの心を、と独りごちて」（蓬生巻）

(22) 菩提《ぼだい》の眞《まこと》の道を尋ねん　世俗の煩悩を断ち悟りを開いて涅槃《ねはん》に至る本当の道を探す事。表現は、蓬生巻の光源氏歌「たづねてもわれこそとはめ道もなく深き蓬のもとの心を」による。

(23) 彌陀《みだ》の尊容を寫《うつ》して絵合《ゑあはせ》にして　彌陀とは、「阿弥陀仏」、「阿弥陀如来」の略。西方浄土の仏名で、衆生を救済し、浄土へ導く仏。その尊い顔を絵に写しとる事。『宝物集』には、臨終の際の作法として、「先《ま》づ、弥陀を西方の壁にかけよ。絵像・木像心にまかすべし。」とある。

(24) 松風《まつかぜ》に業障《ごふしやう》の薄雲《うすぐも》を拂《はら》はざらん　業障は悪業《あくごう》（五逆・十悪などの行為）によってもたらされた障り、障害の事。三障（他、煩悩障、報障）の一つ。『宝物集』に「悪業の雲霧《くもきり》は厚けれども、懺悔《ざんげ》の風ふけば、法性《ほっしやう》の空《そら》はれぬ。」とある。「繪合」から「薄雲」の巻は、藤壺との関係や不義の子・冷泉帝の問題が問われている。

(25) 生老病死《しやうろうびやうし》　生・老・病・死、それぞれが仏教でいう「四苦《しく》」（現世の苦しみを四つに分類）の事。これに、「愛別離苦」等の苦しみを加えて、「八苦《はっく》」とも言う。

(26) 朝顔《あさがほ》の日かげ（影）を待たん程　日かげは、昼間の時間の意。朝顔は早朝に咲き、昼間の時間が来る前にしぼむ事から、命の短さを喩える。参考「朝顔の日影待つ間のはかなさもうき世の花と同じ匂ひを」（拾玉集、秋、槿、慈円）

(27) 老少不定《ろうしやうふじやう》　人間の寿命は定かでなく、老人が早く死に、若者が遅く死ぬとは限らない事。

(28) 玉鬘《たまかづら》かけても　「玉鬘」（頭髪の飾り）は「かけても」の枕詞。ここでは、願いや心を掛ける意をかけて、「頼み難し」の語を導く。参考「ゆきかへる八十氏人《やそうぢびと》の玉かづらかけてぞたのむ葵《あふひ》てふ名を」（後撰集・夏・一六一・よみ人しらず）

(29) 鶯《うぐひす》の初音《はつね》　鶯のその年初めての鳴き声。ここでは、「谷立ち出る鶯」とあり、巣立ったばかりの鶯が初めて鳴く意。物語の初音巻では、明石姫君の便りが「鶯の初音」に喩えられ、明石の君は、その返歌として「…谷のふる巣をとへる鶯」と詠む。また、『宝物集』には、「谷の鶯の友をいざなふ、―略―いづれか仏性をぐせずと云事はある。」と記す。

(30) 鳧雁鴛鴦《ふがんゑんあう》の囀《きへづ》り　鳧雁《ふがん》は鳧《かも》と雁《かり》。鴛鴦《ゑんあう》はおしどり。観無量寿経では、極楽に住む鳥とする。『源氏物語』胡蝶巻の鳥の舞の華やかさを示す。

(31) 胡蝶《こてふ》のただしばらくの樂《たのし》び　胡蝶巻における胡蝶の舞。

(32) 天人聖衆《てんにんしやうじゆ》の遊び　天人は、欲界六天、及び色界諸天などに住む天の衆。極楽にも住む。聖衆は、極楽浄土の諸菩薩などの聖者たち。遊びは、それらの奏でる音楽。

(33) 澤《さは》の螢《ほたる》のくゆる思ひ　「くゆる」は、「燻《くゆ》る」（炎をあげないで煙だけで燃える。思い焦がれる意）と「悔《く》ゆる」を掛ける。さらに、「思ひ」の「ひ」に「火」を掛け、螢火を暗示。螢巻における玉鬘の歌「声はせで身をのみこがす螢こそいふよりまさる思ひなるらめ」の表現による。

(34) 常夏《とこなつ》なり　常夏はいつも夏である事。夏のように暑い事。ここでは、前記の「くゆる思ひ」が常のもので、その思いの強さを言う。また、常夏は、なでしこの異名であり、「いさり船まがきの島のかがり火に色見えまがふとこなつの花」（歌枕名寄・七三〇九・恵慶法師）の歌がある。

(35) 智惠《ちゑ》の篝火《かがりび》　智惠（智慧）は、一切の現象やその背後にある道理を見極める認識力。悟りを完成させるはたらきを持つ。智慧の力を火に喩えた語を「智慧火《ちゑか》」という。また、螢の光を篝火に見立てる歌もあり、ここでは、「思ひ」の「ひ」（火）から、巻名「篝火」を掛けて智慧を表現したもの。

(36) 野分《のわき》の風　野分とは、野を分けて吹き通る風の意で、暴風を指す。または、広く秋から冬にかけて強く吹く風。台風。

(37) 消《き》ゆることなく　「火」の縁語。

(38) 如来覺王《にょらいかくおう》の御幸《みゆき》　如来は仏の事。覺王は仏を、御幸は行くことをそれぞれ敬った語。

(39) 慈悲忍辱《じひにんにく》の藤袴《ふじばかま》　慈悲は、仏が衆生を生死輪廻《しょうじりんね》の苦しみから解脱《げだつ》させようとする憐愍《れんびん》の心。忍辱は、堪忍《かんにん》すること。あらゆる侮辱や迫害に耐え忍び、怒りの心を起こさない菩薩の修行徳目、六波羅蜜の一つ。この修行により、外部の障害すべてから身を護ることができるので、「忍辱の衣《ころも》」（法華経・法師品）などと言われる。巻名「藤袴」は花の名であるが、ここはそのような衣装の意。また、『今昔物語』巻十一の二「行基菩薩学仏法導人語」には、行基が前世、娘であった時、修行に出る家の下人（真福田丸）のために、袴の片方を縫ったが、その後、娘は死に、真福田丸は貴僧になるという話がある。真福田丸が法会で説法していた時、娘の生まれ変わりである小僧（行基）が「真福田が修行に出でし日藤袴我こそは縫ひしか片袴をば」の歌を詠む。この説話によるか。

(40) 上品蓮臺《じゃうぼんれんだい》　上品は、浄土に生まれることを願う者を、その罪や修行により、九段階（九品）に分類する中での上位三者（上品上生・上品中生・上品下生）を言う。そのような上位者として往生する人が座る蓮華の台座。

(41) 七寳荘嚴《しっぽうしゃうごん》　金銀・瑠璃等の七種の貴金属・宝石で、仏国土や仏の説法の場所が美しく飾られている事。

(42) 眞木柱《まきばしら》　巻名「真木柱」は、杉や檜などの木で作った柱を指すが、ここは、「七寳荘嚴」に続く語であるので、金箔や銀箔を巻いて装飾した柱、「巻柱」（蒔柱）の意を掛ける。装飾された寺の内部を指す。

(43)梅が枝《え》の匂ひ　梅枝巻の薫物合《たきものあわせ》を示す。

(44)浄土《じやうど》の藤の裏葉《うらば》　藤の花の紫色は、念仏行者が浄土に往生するとき現れる紫雲と重ねて歌に詠まれた。その連想によるか。参考「西を待つ心に藤をかけてこそその紫の雲を思はめ」(山家集・八六九・西行)

(45)仙洞《せんとう》千年の給仕　仙洞は、仙人の住処《すみか》。俗界を離れた清浄な場所。千年の給仕とは、法華経・提婆達多品に見える釈迦の前生の師・阿私仙への給仕を指す。また、仙洞には、太上天皇(院)の御所の意もあり、六条院における光源氏の四十賀を含む。

(46)若菜《わかな》を摘《つ》みて　若菜は、春先に萌え出る蔬菜《そさい》の類。無病息災、また生気を養うべく、年頭の祝儀の際、羹《あつもの》などにして食された。釈迦の阿私仙への給仕を詠んだ歌に「法華経をわが得し事は薪こり菜摘み水汲み仕へてぞ得し」(拾遺集・哀傷・一三四六・行基)がある。物語では、若菜上巻で、玉鬘が光源氏の四十賀を祝い、若菜を献上する。

(47)世尊《せそん》　仏の尊称。

(48)成佛得道《じやうぶつとくどう》　仏になり仏教的真理を体得する事。悟りを開く事。

(49)夏衣《なつごろも》たちゐ　夏衣が衣の縁語「たち」(裁ち)の枕詞。この「たち」には「立ち」が掛かり、「たちゐ」と続く。立ち居とは、立つ事と座る事。簡単な日常の所作。

(50)柏木《かしはぎ》　葉森の神が宿るとされる。ここでは、巻名「柏木」に因んだ言い方。

(51)妙法《みやうほふ》の薪《たきぎ》　妙法とは、深遠微妙なことわり。正しい理法。真理。釈迦が前生の師・阿私仙に薪水の労をとって給仕をし、法華経を聴聞した話による。一枝の柏木を、真理に至るための薪にするとは、物語の柏木事件を、妙法に至る修行と見るか。

(52) 無《む》始《し》曠劫《こうごふ》の罪　始まりを知ることができない遠い昔、過ぎ去った永久無限の過去の罪。ここでは、暗に光源氏と藤壺宮との密通、また不義の子・冷泉出生の罪を指す。

(53) 本《ほん》有常住《うじやうぢゆう》　仏が本来的に実在として常に存在している事。

(54) 聖衆《しやうじゆ》音樂の横笛　極楽浄土の聖者たちが奏でる音楽、巻名に因み特に横笛の音とする。その音を聞くことは、仏の来迎、浄土への往生を意味する。

(55) 佛法《ぶつぽふ》の世　仏陀が発見した真理、仏陀が説いた教えが存在する世界。

(56) 名を捨つる砌《みぎり》　出家して俗名を捨てる時

(57) 鈴虫の聲《こゑ》振り捨て難く　鈴虫は松虫の古称。秋にはその声に興じて宴が催された。「振る」は「鈴」の縁語。物語では、女三の宮が「おほかたの秋をば憂しと知りにしをふりすてがたき鈴虫の声」（鈴虫巻）と詠んでいる。

(58) かざりをおろす　髪を剃って僧尼となる。落飾する。

(59) 夕霧《ゆふぎり》のむせび晴れがたし　夕方に立つ霧は、視界を遮り心を迷わせる。迷いの中にいることの激しい嘆きは、霧同様に、なくなる（晴れる）ことが難しいの意。また、「夕霧のむせび」については、「夕霧も心の底にむせびつつ我が身一つの秋ぞふけゆく」（式子内親王集・秋・四六）の歌がある。

(60) 御法《みのり》の道　法《のり》の道とは、仏道を和語で表現したもの。仏法の真理、仏に至る道。巻名「御《み》法《のり》」を掛ける。

(61) 苦海《くかい》　苦しみの海の意。衆生が住む現実世界を苦界（苦しみの世界）とみなし、それを海に喩えたもの。

(62) 幻《まぼろし》の世　幻のように儚《はかな》い現世の意。仏教では、十喩や八喩として、空《くう》の真理や現世の無常を幻に喩える。

(63) 世路《せいろ》　世の中を渡っていく道。世渡りしていく事。

(64) 薫大将《かをるだいしゃう》の香《か》　柏木が女三の宮と密通して生まれた子・薫の身から漂う生得の芳香。

(65) 青蓮《しゃうれん》　青蓮華（青色の蓮華）の略。仏や菩薩の目に喩えられる。『宝物集』（『今昔』十九の十四等に記載）では、出家した武者・源太夫の往生時の相として、口から青蓮が生え、香ばしい薫りがしたと記される。ここも、そのような往生を表す花の意。

(66) 思ひを染《そ》め　心に染みいるように深く思い込む。

(67) 匂兵部卿《にほふひやうぶきやう》の匂《にほひ》　薫の芳香に対抗して多く焚きしめられた兵部卿宮の香の匂い。

(68) 香《かう》の煙《けぶり》の粧《よそほひ》　仏前にくゆらす香の煙の支度。

(69) 竹川《たけかは》　竹川（竹河）は、三重県中央部を流れる祓川（多気川）の旧称。この川の名に由来する地名・竹川は、伊勢国の歌枕で、斎宮のあった場所。物語の巻名「竹河」は、催馬楽の曲名による。

(70) 煩悩《ぼんのう》　衆生の心身を乱し悩ませる精神作用の総称。

(71) 紅梅《こうばい》の色を移《うつ》して　紅梅の花の色が褪《あ》せる意。白梅が香りを愛《め》でるのに対し、紅梅はその色が賞美された。匂宮の移り気な心を指すか。

(72) 愛着《あいぢゃく》の心　物事への執着、特に愛欲に執着する心。

(73) 待つ宵の更《ふ》けるを歎きけん宇治《うぢ》の橋姫《はしひめ》　宇治の橋姫は、京都府宇治市にある宇治橋の下にいるという女神。物語の宇治の八の宮姉妹を示す。参考「さむしろに衣かたしき今宵もや我

を待つらむ宇治の橋姫」（古今集・恋四・六八九・よみ人しらず）

(74) 優婆塞《うばそく》が行ふ道　在家信者（男性）の仏道。宇治の八の宮を示す。

(75) 椎本《しひがもと》　椎の木の下。その木陰。物語では、宇治の八の宮が亡くなった際、「立ち寄らむ蔭とたのみし椎が本…」（椎本巻）と、薫は八の宮を椎本に喩えた歌を詠んでいる。

(76) 北邙《ほくぼう》　墓場。埋葬地の意。中国河南省洛陽県の北にある北邙山に、後漢より王侯・公卿の墳墓があったことから。

(77) 解脱《げだつ》の總角《あげまき》を結び　煩悩から解放されて、自由な心境になる事。そのような解脱に至る縁を結ぶこと。「總角」とは、紐の結び方を言い、物語の総角巻では、仏に捧げる名香の包みの飾りとするため、宇治の八の宮姉妹の元で作られている。

(78) 東岱《とうたい》　墓地のある山の意。中国の泰山の別称。東方にある。泰山は、中国で人が死ぬとその魂魄が帰る所とされていた。

(79) 早蕨《さわらび》の煙《けぶり》　早蕨は芽が出たばかりの蕨。春の到来を告げる風物として歌に詠まれ、多く「萌ゆ」の語を伴うことから、「燃ゆ」を掛けて「煙」とも取り合わされた。ただし、ここは野焼きの煙でなく、亡骸を焼いた時に上る煙の意。

(80) 梅檀《せんだん》の蔭《かげ》　梅檀は、香木・白檀《びゃくだん》の異名。釈迦が入滅した時、この香木を焚いて荼毘に付した。その木蔭を、浄土へ導く蔭と頼む意。

(81) 宿木《やどりぎ》　梅檀の木蔭に宿る意から、「宿木」の巻名を導く。荼毘の煙や梅檀によって暗示される入滅を、往生の拠り所とする意か。

(82) 官位《つかさくらゐ》を東屋《あづまや》の中《うち》に逃れて　東屋は、棟の四方へ軒を葺いた正方形の家。また粗末で田舎風の家。官位を捨て俗世を逃れる事。法華経二十八品の「寿量品」を題として詠んだ歌に、「東屋の真屋《まや》の板間に宿り来て仮にもすめる夜半《よは》の月かな」（寂蓮法師集・一〇一）がある。物語では、薫が浮舟の隠れ家を訪問し一夜を過ごす際、「さしとむるむぐらやしげき東屋のあまりほどふる雨そそきかな」（東屋巻）と、催馬楽・東屋の歌謡を踏まえた歌を詠む。

(83) 浮舟《うきふね》　水面を漂う小舟。よるべなく、不安定にさすらう様を言う。「憂き舟」を掛ける。物語の浮舟は、匂宮との密かな逢瀬の間、小舟に乗った際、「橘の小島の色はかはらじをこのうき舟ぞゆくへ知られぬ」（浮舟巻）と詠んでいる。

(84) かげろふの身　大日経や維摩経では、現世の無常を、幻・焔・夢など十の物で喩え、これを十喩と言う。摂大乗論にも同様に八喩があり、「この身かげろふ（陽炎）のごとし」という言い回しは、これらが説く仏教上の比喩として浸透していた。藤原公任は、十喩を題とし、「此身かげろふのごとし」の題で、「夏の日の照しも果ぬかげろふのあるかなきかの身とはしらずや」（公任集・二九三）と詠んでいる。光や影などがかすかにほのめく意の陽炎《かげろう》は、儚《はかな》い様、また実体がとらえがたいものとして詠われる事が多く、ここでも、そのような儚《はかな》い身の上を言う。物語の巻名「蜻蛉」を掛けるが、蜻蛉も、成虫は短命な事から、儚《はかな》いものの象徴とされた。巻名の由来となる薫の歌では、宇治の三姉妹を蜻蛉に喩える。

(85) あるかなきかの　「かげろふ」（陽炎）の縁語。物語では、蜻蛉巻において、薫が蜻蛉の歌を独詠した後、「あるかなきかの」とつぶやいている。

(86) 手習《てならひ》　文字を書くことを習う事。習字。

(87) 往生極樂《おうじゃうごくらく》の文　極楽往生するための願文。

(88) 夢の浮橋《うきはし》の世　浮橋は、水上にいかだを組んだり舟を並べたりして橋の用にしたものであり、不安定な橋。「憂き橋」の意を掛ける。夢の浮橋は、『源氏物語』の最終巻の名として知られ、中世以降、歌語として定着し、夢、あるいは夢の中の通い路の意を持つ。ここでは、そのようにはかなく危うい現世、無常の憂き世を言う。

(89) 來迎引接《らいがういんぜふ》　浄土に往生しようとする人の臨終の際、仏・菩薩が迎えに来て、仏の光の中にその人を摂《おさ》め取る事。

(90) 南無《なむ》西方《さいはう》極樂《ごくらく》彌陀《みだ》善逝《ぜんせい》　西方極楽浄土の阿弥陀仏を敬って呼びかけた語。善逝は、善く逝った者の意。悟りの彼岸に赴き、再び迷いの生死海に戻って来ない者を言う。

(91) 狂言綺語《きやうげんきぎよ》のあやまち　道理に合わない言葉と巧みに飾った言葉。小説、物語の類が人々を惑わすことを言う。表現は、狂言綺語観の元となる『白氏文集』巻七十一「香山寺白氏洛中集記」の「狂言綺語之過」による。紫式部が『源氏物語』を書いた事の過ちを指す。

(92) 六趣苦患《ろくしゆくげん》　六趣は六道の意。衆生が自らの業によって生死をくり返す六つの世界（地獄・餓鬼・畜生・修羅・人・天）での苦しみ。

(93) 南無《なむ》當來《とうらい》導師《だうし》彌勒《みろく》慈尊《じそん》　浄土に導いてくれる弥勒菩薩（慈氏菩薩）を敬って呼びかけた語。

(94) 轉法輪《てんぽふりん》の縁　轉法輪は、仏の説法を指す。輪が転がって自在に敵を砕破するように、仏の説法も次々と衆生の迷いを破るので法輪と呼ばれる。ここは、狂言綺語観を示す『白氏文集』巻七十一「香山寺白氏洛中集記」に「轉法輪之縁」とあるのによる。

(95) 是をもてあそばん人　『源氏物語』の読者。

(96) 安養浄刹《あんやうじやうせつ》　安らかで心地よい浄土。

「賦光源氏物語詩序」（光源氏の物語を賦す詩序）

長瀬由美

【解題】

鎌倉時代・正応四年（一二九一）の成立。作者未詳。漢詩文に通達した、和漢兼学の当代知識人の手によると考えられる。「賦光源氏物語詩」全体の構成としては、はじめに長文の詩序が置かれ（当該詩序）、続いて韻字毎に巻名を記した目録が掲げられて、以下『源氏物語』五十四帖各巻の内容を賦した七言律詩（鈴虫巻のみ七言絶句）が並び、末尾に作者紫式部に関する詩を載せる。群書類従（文筆部、巻一三四）に所収。これ以前の「源氏一品経」等が仏教的な視点から『源氏物語』を論じていたのに対して、儒家的な視点から、『源氏物語』には文治主義の理想が描かれていることを強調する。物語の持つ儒教的背景におおいに注目する点、また物語の登場人物についてモデル・准拠を指摘する点など、この時代に成立する『紫明抄』等の注釈態度との関連が問われるところである。

内容としては、はじめに『源氏物語』について、子女のなぐさみの物語、恋の仲立の具といった見方を否定して、和漢の書物に通じた正史にも比すべき書であることを主張し、この物語には、天皇の徳化や君臣の理想的な関係といった聖代聖治の姿が描かれているのだと述べる。『源氏物語』には華やかな遊宴のありさまのみならず、三綱五常の儒教の道や、素晴らしい狩りの遊びと行幸の様子、斎宮斎院といった神祇のことや、顕教密教を含む仏教のことが記されており、また、須磨明石の地で不遇を嘆いた光源氏がついに准太上天皇に至ったことや、彼が葵上や紫上との死別を悼むさまをみれば、老荘や仏の教えにも通ずる人の世の無常を知ることができる。そもそも源氏の子息夕霧が大学寮に入って刻苦勉励し、天子を輔弼して政務を執ることの描かれているのをみれば、この物語の要が、文によって治まる世の理想的な姿を示す点にあるのは明らかである。『詩経』の伝統を受け継ぐ「三都賦」(『文選』)では、仮構された人物の名を借りて真実が鮮やかに記されていた。『法華経』の教えもまた、喩をもって人を導き利するものである。『源氏物語』は、これら儒仏の教えに通じる。私はこの物語においに感銘して、五十四巻の旨趣を三十二の韻を用いて詩に賦し、加えて作者の操行を賦した、と述べて結ぶ。

【本文】(国語国文学研究史大成3『源氏物語　上』所収)

夫光源氏物語者、本朝神秘書也、浅見寡聞之者、以之為遊戯之弄、深思好学之者、以之為惇誨之基、載神代之事、述人代之事、孰与舎人親王之華篇、惣百家之書、編一家之書、其奈司馬子長之実録、誰謂花鳥之媒、即通和漢之籍、此物語之為体也、仁主四代之継天祚焉、鴻霈徳遍、三公百僚之仰風化矣、鱗水契深、或入深宮之華帳兮結密契、摸在原中将之耽艶色、或出散地之松戸兮為好逑《タグヒ》、如交野小女之顕栄昌、凡厥儲弐之輝銀牓、博陸之惣紫機、後宮綺羅之佳人、維城盤石之宗子、是皆追聖代聖治之法度、莫不可左史右史之書紀、況又論政理、則糺三綱五常之道、述畋遊、亦幸大原小塩之山、敬霊神、議斎宮斎院之卜定、帰覚王、示顕教密教之奥旨、何唯蘭省梨園花月之庭、褰錦帳而賜宴、離宮別館泉石之砌、動玉輅而考槃而已、至如彼吟摂州播州之海浜、還至太上之尊、坐葵上紫上之泉壌、独観分段之理、世上之倚伏不定、任天運於南華之夢、人間之哀楽易変、傷露命於北芒之秋者也、抑有源氏家督之愛子、列杏壇槐市之生徒、夜学無倦、雪代九枝之灯、時習不懈、蛍照五華之筵、遂使准登省而奉試、龍門鱗飛之才不拘、任補闕而竭忠、鸞殿羽化之誉遠聞、嗜学事父者孝之始也、曳紫綬而昇三台、然間毘朝霧而、揚夕霧之称謂、逢明時而底天時之燮理、以文治世、其義云明、一部之要、只在此事、嗚呼東呉王孫、西蜀公子、仮名顕実之文粲然、長者朽宅、迷人化城、以喩利人之教卓爾、匪写儒林風雅之言葉、兼依霊山世尊之法華、義通内外詞諳古今、著作之趣、不其然乎、予属余暇而披此篇章、催千感而賦彼旨趣、五十四巻不残一巻、三十二韻無漏一韻、加之終頭雖背六義、不堪物語優賞、忽賦作者之操行、但魯昏之性未悛、空隔白[太]保之昔様、周年之頌難慣、慙翫紫式部之露詞、是則井蛙之智、不知海鼇、籬鷃之楽、不羨雲鵬之謂也、自然[之]理又亦如此、干時鳳暦正応之[四]載、雁序清涼之八月、云爾。

※大成本文については、群書類従本・東京大学図書館蔵本及び後藤昭雄氏論文を参照し校訂した。校訂部分は□にて示す。（東京大学図書館蔵「賦源氏六十帖詩」は、宝永年間の韶光による写本。跋に「此一冊自金沢文庫出」とある。）以下の訓読・注についても後藤氏の論文に負うところが大きい。

【訓読】

夫れ光源氏物語は、本朝の神秘の書なり。浅見寡聞の者は、之《これ》を以て遊戯の弄《たはむれ》と為し、深思好学の者は、之を以て惇誨の基と為す(1)。神代の事を載せ、人代の事を述ぶるは、舎人《とねり》親王の華篇に孰与《いづれ》ぞや。百家の書を惣《す》べ、一家の書を編むは、司馬子長の実録に其奈《いかに》かせむ(2)。誰か花鳥の媒《なかだち》と謂ふ、即ち和漢の籍に通ぜり(3)。

此の物語の体為《た》るや、仁主四代の天祚を継ぎ、鴻霈《こうはい》の徳遍《あまね》く(4)、三公百僚の風化を仰ぎ、鱗水の契深し(5)。或いは深宮の華帳に入りて密かなる契を結ぶに、在原中将の艶色に耽《ふけ》るを摸す(6)。或いは散地の松戸より出でて好き逑《たぐひ》と為るは、交野《かたの》小女の栄昌を顕《あら》はせるが如し(7)。凡《およ》そ厥《そ》れ儲弐《ちょじ》の銀牓《ぎんぼう》を輝かせ、博陸の紫機を惣べたる、(8)後宮綺羅の佳人、維城盤石の宗子、(9)是れ皆聖代聖治の法度を追ひ、左史右史《さしいうし》の書紀すべからざるは莫《な》し。(10)

況んや又政理を論じては、則ち三綱五常の道を糺《ただ》し、(11)畋遊《でんいう》を述べては、亦大原小塩の山に幸す。(12)霊神を敬ひては、斎宮斎院の卜定を議し、覚王に帰しては、顕教密教の奥旨を示す。(13)何ぞ唯蘭省梨園の花月の庭に、錦帳を褰《かか》げて宴を賜はり、離宮別館の泉石の砌《みぎり》に、玉輅《ぎょくろ》を動《めぐ》らして槃《たのしみ》を考《な》すのみならんや。(14)

彼の摂州播州の海浜に吟《なげ》き、還《めぐ》りて太上の尊きに至り、(15)葵上紫上の泉壌に坐し、独り分段の理を観るが如きに至りては、(16)世上の倚伏《いふく》定まらず、天運を南華の夢に任せ、人間の哀楽変はり易く、露命を北芒の秋に傷む者なり。(17)

抑《そもそも》源氏家督の愛子有り、杏壇槐市《きゃうだんくわいし》の生徒に列なる。(18)夜学びて倦《う》むこと無く、雪を九枝の灯に代ふ。時に習ひて懈《おこた》らず、蛍は五華の筵を照らす。遂に登省《とうしゃう》に准じて試を奉じ、龍門鱗飛の才拘《とら》はれず、補闕《ほけつ》に任ぜられて忠を竭《つく》し、鸞殿《らんでん》羽化の誉遠く聞こゆ。(19)学を嗜みて父に事《つか》ふるは孝の始めなり。紫綬を曳きて三台に昇る。(20)然る間朝霧を毘《たす》けて、夕霧の称謂《しょうゐ》を揚げ、(21)明時に逢ひて天時の燮理《せふり》を底《いた》す。(22)文を以て世を治む、其の義云《ここ》に明らかなり、一部の要、只《ただ》此の事に在り。

嗚呼《ああ》東呉の王孫、西蜀の公子、名を仮《か》りて実を顕はせる文粲然《さんぜん》たり。(23)長者の朽宅、人を迷はす化城、喩を以て人を利する教へ卓爾たり。(24) 儒林風雅の言葉を写すのみに匪《あら》ず、兼ねて霊山《りょうぜん》世尊の法華に依る。(25) 義は内外に通じ、詞は古今を諳《そら》んず。著作の趣、其れ然らずや。

予余暇に属《あた》りて此の篇章を披《ひら》き、千感を催して彼の旨趣を賦す。五十四巻一巻も残さず、三十二韻(26)一韻も漏らすこと無し。加之《しかのみならず》終頭《をはり》に六義《りくぎ》に背くと雖も、物語の優賞に堪へず、忽ち作者の操行を賦す。但し魯昏の性未だ悛《あらた》まらず、空しく白太保の昔様に隔たれり。(27) 周年の頌《しょう》慣れ難し、慙《は》づらくは紫式部の露詞を翫ぶことを。(28) 是れ則ち井蛙の智は、海鼇を知らず、籬鷃の楽しびは、雲鵬を羨《うらや》まざる謂《いひ》なり。(29) 自然の理又亦《また》此《か》くの如し。時に鳳暦正応《しゃうおう》の四載、(30) 雁序清涼の八月、爾《し》か云ふ。

注

(1) 「惇誨」は熱心に教える意。『本朝文粋』巻九所収の『漢書』や『後漢書』の竟宴詩序にみられる語で、史書を教授することを「惇誨之功」「惇誨之化」という。『源氏物語』は男女の恋の仲立となるもの・好色の具などではなく、和漢の史書に比すべき書なのだとする、以下の文脈と呼応する言葉使いである。

(2) 「舎人親王の華篇」は『日本書紀』、「司馬子長の実録」は『史記』を指す。

(3) 「花鳥の媒」は、「花鳥の使」と同じく恋の使いの意。

(4) 「仁主四代の天祚を継ぎ」は、物語中桐壺・朱雀・冷泉・今上の四代の天皇が位を継いだこと。「鴻霈」は広大な恩恵。

（5）「三公百僚」は大臣と多くの役人。「鱗水の契」は水魚の交わり。君臣の関係のきわめて親密であるさま。
（6）「密かなる契」云々は、光源氏と藤壺との密事を指し、それが在原中将・業平を摸して描かれているとする。『伊勢物語』六十五段等に語られる、業平と二条后の物語のことであろう。
（7）「散地」は閑散とした土地、ないしは暇な地位・官職の意。「好き逑」はよき伴侶。『詩経』周南「関雎」による語。都から遠く明石の地で源氏と結ばれ、姫君を生んで上京し、ついに国母の母という地位を得た、明石の君のことをいう。「交野小女」は、散逸物語『交野少将物語』の女主人公か。作中人物の先蹤を指摘している。
（8）「儲弐」は皇太子、「銀牓」は門に懸けられる銀のかけ札で、東宮の象徴。「博陸」は朝廷の重鎮。「紫機」は朝廷の重要な政務。
（9）「維城盤石の宗子」は嫡子をいう語。『詩経』大雅「板」による。
（10）「左史右史」は、天子のそば近くに仕えてその言動を記録する者。
（11）「三綱五常の道」は、儒教で人間の重んずべき道。君臣・父子・夫婦の間の秩序と、仁義礼智信の徳。
（12）「畋遊」は狩り。「大原小塩の山に幸す」は、行幸巻に描かれる冷泉帝の大原野行幸をいう。
（13）「覚王」は仏陀。
（14）「蘭省」は中国の尚書省。太政官の唐名。「蘭省」「錦帳」の語は、白居易の「蘭省花時錦帳下　廬山雨夜草庵中」（『和漢朗詠集』山家／『白氏文集』巻十七「廬山草堂夜雨独宿寄牛二李七庚三十二員外」）による。「玉輅」は天子の車。「槃を考す」は『詩経』衛風「考槃」に拠る語（毛伝に「考成槃楽也」とある）。

(15)「摂州播州の海浜に吟き」は、源氏が摂津の須磨・播磨の明石の地に退居し不遇に嘆いたこと、「太上の尊きに至り」は、ついには准太上天皇という尊位に至ったことをいう。
(16)「泉壌」は黄泉。「分段」は「分段生死《ぶんだんしょうじ》」の略で、六道に輪廻する衆生の生死、人間の運命。
(17)「倚伏」は禍福。『老子』五十八「禍兮福之所レ倚、福兮禍之所レ伏」による。「天運」は運命。「南華（＝荘子）の夢」は、『荘子』斉物論に載る胡蝶の夢の故事。荘子が夢の中に胡蝶となり、目が覚めて、自分が夢中に胡蝶となったのか、胡蝶が今夢中に自分となっているのか疑ったという。人の世のはかないことのたとえ。「北芒」は墓地。
(18)「杏壇」は孔子が学問を教えた所、転じて、学問を講ずる所。「槐市」は大学。以下源氏の嫡男夕霧が大学寮に入り、蛍雪の功を積んだことを述べる。
(19)「登省」は式部省の試験（＝省試）を受けること。それに「准じて試を奉じ」とは、夕霧が少女巻で、朱雀院行幸に際して行われた放島試により文章生に選ばれたことをいう。「龍門」は中国黄河の急流で、魚がここを登りきれば竜となるといい、ここから登竜門の語ができた。夕霧が思いのままに才能を発揮し、鱗を飛ばして竜門を登る如く試験に通過したことをいう。「補闕」は侍従の唐名。夕霧が放島試ののち侍従になったことは、少女巻に語られている。「鸞殿」は天子の御殿、宮殿。夕霧が宮中に出仕してさらに成長し名を知られたと述べる。
(20)「紫綬」は高位の象徴。
(21)「朝霧」の語は、あとの「夕霧」の語と対応しているが、このままでは意味が通じ難い。「霧」の字形に「務」が含まれることから、「朝霧」に「朝務」の意を掛詞的に重ねているかと思われる。「称謂」は、名。早朝の霧のなか出仕して朝廷の事務をたすけ、その名（夕霧）を世に広めた、という文意か。

(22)「明時」は平和に治まれる世。「燮理」はやわらげおさめること。『尚書』周官「立二太師・太傅・太保一。茲惟三公。論レ道經レ邦燮二理陰陽一」による。

(23)「東呉の王孫」「西蜀の公子」は、『文選』左思「三都賦」（「蜀都賦」「呉都賦」「魏都賦」）に登場する、仮構の語り手。「名を仮りて実を顕はせる」は、虚構の名を借りて真実をあらわす、の意。

(24)「長者の朽宅」は『法華経』比喩品の火宅の車の喩。火災の起こった家の中で、気付かずに遊んでいる子供達を救うため、父親が門前に車があるぞといって誘い出して助けたという。衆生が、煩悩や苦しみに満ちたこの世であることを悟らず、享楽にふけっていることを、燃えさかる家の中に遊ぶ子供に喩える。「人を迷はす化城」は法華七喩のひとつで、『法華経』化城喩品に説く。苦しく険しい道を行く人々に、導師が途中神通力で幻の城を現出させて希望を与え、目的地へと進ませたという。小乗の悟りの境地は大乗の悟りの境地に至るための方便であることをあらわす。『法華経』広くは仏教が、喩をもって衆生を導き利することをいう。

(25)「風雅」は、『毛詩』大序に「一國之事繫二一人之本一、謂二之風一。言二天下之事一形二四方之風一、謂二之雅一」と説明される、六義の風雅。『詩経』の伝統的な精神（『文選』左思・皇甫謐「三都賦序」参照）。「霊山」は「霊鷲山」の略、釈迦が法華経などを説いた山。『源氏物語』は、儒家の尊ぶ伝統的な詩精神を受け継ぐの詩経でなく、釈迦の法華経の教えにも通じるとする。

(26)「三十二韻」は、『童蒙頌韻』（平安末期・三善為康の選述した韻字書）にみられるような韻の体系に拠っていると指摘される（後藤氏論文）。「内外」は、内典外典の意。

(27)「魯昏」は暗愚の意。「白太保」は白居易。白居易を「白太保」と呼ぶことは、『本朝麗藻』

讃徳部などにみえる。「周年の頌」は周王朝の時代の頌、『詩経』頌「周頌」を指す。

(28) 「露詞」は他に用例のみられない語。露のようなはかないことばと取ると文脈に合わない。「露詞」の「露」は「露胆」等の「露」、すなわち紫式部によって(真心をもって)あらわされたことば、と取るべきか。

(29) 「井蛙の智は、海鼇を知らず」は『荘子』秋水篇により、「籬鷃の楽しびは、雲鵬を羨《うらや》まざる」は『荘子』逍遥遊篇による。井戸の中の蛙は大海を知らず(「海鼇」はうみがめ)、垣根に遊ぶみそさざいは鵬をみても何とも思わない。

(30) 「鳳暦」は暦の美称。「正応」は鎌倉時代、伏見天皇の御代の年号(一二八八～一二九三)。

【参考文献】

緒方惟精「賦光源氏物語詩について」(『文化科学紀要』第三輯、一九六一年)

重松信弘『新攷源氏物語研究史』(一九六一年、風間書房)

本間洋一「漢詩でよむ浮舟物語―『賦光源氏物語詩』抄読―」(『源氏物語の鑑賞と基礎知識 手習』二〇〇五年、至文堂)

後藤昭雄「賦光源氏物語詩序について」(『語文』第八〇・八一巻、二〇〇四年)

執筆者紹介（掲載順）

中　哲裕（なかば てつゆう）
1947年生まれ。富山県立大学教授。
著書：『閑吟集定本の基礎的研究』（新典社、1997年）、「源氏物語と二十五三昧会—大君物語の前提として」（『源氏物語の探究第11輯』風間書房、1986年）、「『源氏物語』の「物の怪」と「降魔」」（『王朝文学と仏教・神道・陰陽道』竹林舎、2007年）など。

湯浅　幸代（ゆあさ ゆきよ）
1975年生まれ。日本学術振興会特別研究員。
論文：「朱雀院行幸の舞人・光源氏の菊の『かざし』—紅葉と菊の『かざし』の特性、及び対照性から—」（『日本文学』56-9、2007年9月）、「皇后・中宮・女御・更衣—物語文学を中心に—」（『王朝文学と官職・位階』竹林舎、2008年）など。

三角　洋一（みすみ よういち）
1948年生まれ。東京大学教養学部教授。
著書：『源氏物語と天台浄土教』（若草書房、1997年）、『王朝物語の展開』（若草書房、2000年）など。

原岡　文子（はらおか ふみこ）
1947年生まれ。聖心女子大学教授。
著書：『源氏物語の人物と表現』（翰林書房、2003年）、『『源氏物語』に仕掛けられた謎』（角川学芸出版、2008年）など。

袴田　光康（はかまだ みつやす）
1964年生まれ。明治大学兼任講師。
論文：「『源氏物語』における式部卿任官の論理」（『国語と国文学』2000年9月）、「桐壺院と玄宗と宇多天皇—桐壺巻における寛平準拠の視角」（『源氏物語の新研究』新典社、2005年）、「国司と文学—良吏の時代とその挫折—」（『王朝文学と官職・位階』竹林舎、2008年）など。

長瀬　由美（ながせ ゆみ）
1975年生まれ。明治大学大学院日本古代学教育研究センター研究推進員・清泉女子大学非常勤講師。
論文：「一条朝文人の官職・位階と文学—大江匡衡・藤原行成・藤原為時をめぐって」（『王朝文学と官職・位階』竹林舎、2008年）、「中唐白居易の文学と『源氏物語』—諷諭詩と感傷詩の受容について—」（『国語と国文学』2009年5月）など。

編者紹介

日向　一雅（ひなた かずまさ）
1942年生まれ。明治大学文学部教授。
著書：『源氏物語の準拠と話型』（至文堂、1999年）、『源氏物語の世界』（岩波新書、2004年）、『源氏物語 重層する歴史の諸相』（竹林舎、2006年、編著）、『王朝文学と官職・位階』（竹林舎、2008年、編著）など。

源氏物語と仏教　仏典・故事・儀礼

二〇〇九年三月二〇日　初版第一刷発行

編　者　日向　一雅
装　丁　佐藤三千彦
発行者　大貫　祥子
発行所　株式会社青簡舎
〒一〇一-〇〇五一
東京都千代田区神田神保町一-二七
電　話　〇三-五二一三-四八八一
振　替　〇〇一七〇-九-四六五四五二
印刷・製本　株式会社太平印刷社

ISBN978-4-903996-16-5　C1093